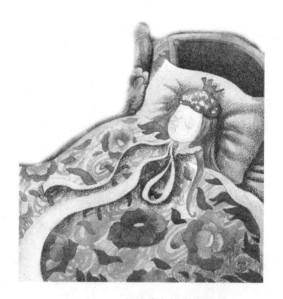

乡村书系列二 /

新疆美术摄影出版社
新疆电子音像出版社

做个幸福的人

商国婵 著

图书在版编目(CIP)数据

做个幸福的人 / 商国婵著. -- 乌鲁木齐 : 新疆美
术摄影出版社 : 新疆电子音像出版社, 2012.4
ISBN 978-7-5469-2279-9

Ⅰ.①做… Ⅱ.①商… Ⅲ.①散文集-中国-当代
Ⅳ.①I267

中国版本图书馆 CIP 数据核字(2012)第 063674 号

责任编辑　马新华　丁娜娜
插　　图　轩辕文慧
封面设计　王　芬

做个幸福的人

编　著　商国婵
出　版　新疆美术摄影出版社
　　　　新疆电子音像出版社
地　址　乌鲁木齐市经济技术开发区科技园路 7 号
邮　编　830011
制　作　乌鲁木齐标杆集书刊设计有限公司
发　行　新华书店
印　刷　北京德富泰印务有限公司
开　本　787mm×1 092mm　　1/16
印　张　13.25
字　数　120 千字
版　次　2012 年 5 月第 1 版
印　次　2012 年 5 月第 1 次印刷
书　号　ISBN 978-7-5469-2279-9
定　价　28.60 元

序言

过一个圆满人生

读初中时，因为知道了徐霞客而冒出过探险的念头。那念头就像小火苗一样，年复一年地灼烧着我，可我的心是一片理智的土地，注定不会燃烧起熊熊的大火。然而即便是最微小的火苗，燃烧得久了，也会把土地烤干，我的心就那么一块儿一块儿地被烤干了。

时间过得真快，眨眼的工夫20多年就过去了。不知道具体从哪天起，我开始有了惧怕，惧怕生命的无端流逝，惧怕心灵的干涸。我怕内在完全干涸的那天，我会忘记了一切，忘记徐霞客。这样的忐忑在我的每一个日子里，每一个细胞里生根了。

2009年5月，回到老家不到一年的婆婆摔坏了盆骨，这让喜欢到处走的她不能再走。心情的烦躁导致她多种旧疾像赶集一样一一赶来，使身体一天比一天差。秋季，我70岁的父亲患了萎缩性胃炎，开始消瘦，贫血，脸色苍白得令人难过。转过年来，父亲的胃病刚有好转，妈妈的脑梗又再次复发。小妹的孩子尚小，工作紧张；二妹的孩子正读初中，住在我父母的家里，他们夫妻二人则远在徐州，在为生活所累着。在医院里，无论黑天白天只有我能陪伴在母亲的身边。在那些日子里，我就那么天天地，无能为力地看着她，看着她因吞咽功能丧失不会咔痰而憋得不能呼吸，看着她因不会吃饭喝水而迅速地消瘦，看着她因不会说话而痛苦的神情，难过的心情直到现在想起来还让我潸然泪下。那时候的女儿刚刚经历了高考，所幸的是被重庆邮电大学录取了。年前，妈妈终于恢复得差不多了，终于可以吃一些饭，可以慢慢地散步，话虽然说得还不清楚，可是仔细听能听懂一些了。我给她买了新衣服，她很开心地说等着过年穿。爸爸的脸色也明显地好看了，他说，心思少了，胃就好多了。

2010年9月，79岁的公公突然脑梗住院了，好在病情不是很严重，很快就出院了。可是我亲爱的婆婆却在12月20日永远地离开了我们。我们在一起生活了19年，那些日子，我们就像天生就是一家人一样，每天油盐酱醋地生活在一起，洗澡时我给她搓背，头疼时我给她按摩；她为我们炖好吃的东北菜，炸她婆婆传授给她的美味的炸萝卜丸子。她的大嗓门儿在楼梯口就能听得清清楚楚，她爽朗的笑声能传到楼下的操场上。夏季的她喜欢戴着蓝底白花的小檐儿圆帽，喜欢穿碎花的或者鲜艳或者素雅的连衣裙，大大的胸，细细的小腿，穿着长筒袜的小腿肚上隐约还能看见一块凹陷的疤痕，她说那是当初参加四平战役时被迫击炮崩的，是日本军医给做的手术，要不腿就保不住了。她的音容笑貌就那么不断地浮现在我的脑海里，别人说她像香港老太太的声音也同时浮现在我的耳际，一切就像昨天。

生命是多么无常。无论多想掌握，也不由自主。这让我又一次考虑人生"大道"的问题。生命的规律不可逆转。每一个人只有一生可活。而一生的时间有长又有短。有快乐，也有痛苦，似乎也不能避免疾病。

活着，每天除了工作就是工作，工作是为了赚钱，赚钱是为了更好地生活，为了孩子，为了老人，为了自己，也为了他人。而我呢？我生活的好吗？我生活的开心吗？我少年时的理想之火依然在渺小地燃烧着，岁月让理智之心田已经干涸得所剩无几。

喜欢看书，喜欢写东西，喜欢自由。我想，当不用考虑吃饭的问题时，我完全可以腾出些时间，做自己想做的，而不必为了世俗的眼光委屈了自己。

经过艰难的抉择，我决定不再为了金钱而工作，儿孙自有儿孙福，孩子让他们自己去发展吧，让他们去过他们自己的人生，我也要过我自己的剩余人生，这个年纪，虽然不能再去探险，但是起码我可以去欣赏。

欣慰的是爱我的老公最终同意了我放弃。多年来，是我老公一直像爱护宝贝一样地呵护着我,让我的内心始终充满着他的温暖,让我从内心深处感激上苍把他赐予了我;能过上今天的自在生活,尤其要感谢的是我的宝贝女儿,她就像我最要好的朋友一样自始至终力挺我的想法,她还曾想帮我说服他的老爸;我也要感谢我的小妹荣荣和我曾经的经理崔红梅,没有她们的承担,我就不可能放心地离开,我就不可能像今天一样轻松地去骑车,去看那些向往已久的风景。

曾经努力过,曾经奋斗过,无论努力还是奋斗都是为了能过上更幸福更美好的生活,现在,我衣食无忧,到了该去做我的"自以为是的圆满人生"的时间了,这个感觉,很美好。

目　录

第二辑:永远在一起

第四辑 :时间的花蕊

第五辑:打开一扇窗

第一辑:人心不自缚

那个人是可遇不可求的,那个人是清高的,世俗之
气不可玷污他。而我们,我们实际上也是清高的,
我们只是无奈于世俗。

在铲斗的秋季里徘徊

转眼间,秋天又到了。

此时,我想起了金色的向日葵,可她的盛况并不属于秋天。于是我就开始想大片
大片的谷子地,想那些金色的波涛们,是的,她们是秋天的,是黄橙橙的粟米们热烈成
熟的季节;还有林间的金黄色的叶子们,偶尔有几片俏皮的红叶子在老绿里热闹地绚
烂;想那些漫漫的长蒿野草以及秋虫时有时无的低吟浅唱。在那样的秋天里,当然也
少不了好吃的糖心儿沙果儿和红彤彤的海棠果们。是的,这样的秋天才是我记忆里的
真正秋天。

记得我们总是在秋高气爽的九月里开学。那时候的白云总是高高的一团一团地
呆在天上缓慢地变化着,有时候像绵羊,有时候像老爷爷,更多的时候像棉花,天蓝的
几乎透明;小孩子们总是快快乐乐地背着小书包,三三两两地走在远远的上学的路
上,有阳光高高地照射下来。路两边的蒿草密密麻麻的,有的比我们还高,蒿草里时常

蹦出一两只蚂蚱来，偶尔也会有一两只蝴蝶或者野蜂在零落的小花儿上依依不舍地流连。

如今的秋季，已经很久很久看不到那样背着小书包，快乐地走在上学路上的小孩子了。如今的一年四季，路上始终都是热热闹闹的，车水马龙的，孩子们要么是在车水马龙的车里，要么就是在学校的宿舍里，在路上，几乎看不到他们上学和放学的身影。

如今的秋季，也很难再看到蓝蓝的蓝天，白白的白云。偶尔有一天，天很高，云很白，我的心就会立刻欢喜起来，似乎回到了难忘的少年时光。

今天，在秋季的风里，我徜徉在家的楼下，我很仔细地搜寻着秋天的影子。我看见有几棵树的叶子已经不那么绿了，但是并没有金黄。偶尔有叶子掉下来，立刻就被打扫卫生的阿姨扫在斗抖里了。我就想，这似乎是个在铲斗里的秋季呢。

就在前几天，我每天都去晨练的，那最后的一块绿地也没有了。那曾经长满了我倍加关注的野生小麦草的绿地已经变成了正在施工的工地。几年前我就曾为它们担心，担心人们不允许它们存在，但又侥幸地认为人们总应该会给自己留下一点儿自然的气息吧。可今天，我的担心终于变成了事实。那曾经开满了圣洁的玉兰花的最后一块绿地没有了。在那里，正在升起着一座什么什么公司的办公楼房。我再也不能到那里晨练，我再也不能去呼吸那曾经的"我们仅有的青草"的味道。今天的我只能这样徜徉在家的楼下，在铲斗的秋季里徘徊。此刻，外面的天色已经暗了下来，我努力地竖起耳朵，认真地在各种嘈杂里仔细辨别秋虫的声音。我似乎听到它们，权且就当我听到了它们吧，我希望我听到它们在唱歌。

洗涤我们的竹篮

看过一个故事,那个故事说的是一个老者和一个幼童,老者是幼童的爷爷,幼童是老者的孙子。老者每天在固定的时间里与幼童呆在一起,他们在一起的时候,老者就戴起老花镜吟诵蒙学,吟诵四书五经。幼童很喜欢他的爷爷,喜欢看他晃着花白头发认真唱书的样子。幼童坐在小凳子上,老者坐在藤椅上。幼童托着腮看着爷爷。

有一天,阳光从门缝射进屋子里,灰尘在光柱里跳舞。幼童的眼睛被吸引了过去。爷爷停止了诵读,一瞬间,很安静。幼童意识到了,就跑到爷爷身边去依偎着爷爷说,爷爷,我很喜欢听你读的声音,可是我似乎听得懂又似乎听不懂,这不是白白地浪费时间吗?老者慈祥地看着孙子笑了,说:"好,那我们就休息下。孩子,你能帮爷爷做件事情吗?""我愿意,爷爷。""你看见门口的竹篮儿了吗?你拿上它,到村口的小河里给爷爷打一篮子水来好不好?""好!"这个小家伙痛快地答应着去了。我们都知道"竹篮打水一场空"这个歇后语,可这孩子小,他还不懂啊,他就去了。那个竹篮儿密实的竹条间沾满了厚厚的泥垢,打一下水就满了,幼童费力地拽起篮子,拎上往回走,边走水边哗啦啦地流淌,很快就全漏光了,他只好再回去打水,可这次漏得比上次还快。就这样,他反复地打着水,最后连一丁点儿水也打不上来了,他只好灰心丧气地拎着篮子回家了。

回到家,爷爷正坐在门口等他呢,他不好意思地说:"爷爷,我一无所获呀。我无论怎么努力都没能为您打回水来。"

爷爷摸摸他的头,慈爱地说:"你没能打回水来,但是你并非一无所获呀。你看看你收获了什么?"

"什么也没有呀,爷爷。"

"你再看看。"

"爷爷,您的眼睛花了,真的是什么也没有。"

"不,孩子,你看看现在的竹篮和你拿走时的竹篮儿有什么区别?"

幼童发现,他拿走的时候,竹篮儿的缝隙是密实的,颜色是灰土土的,现在的竹篮儿颜色是鲜亮的,竹条与竹条之间是有缝隙的。

老者说:"爷爷给你念的东西,你现在也许还不能完全理解,但是它们流淌在你的心里,会像我们村口的小河一样,能把你心灵的竹篮儿洗涤得很干净,很透亮。"孩子眨巴着眼睛,似乎听懂了爷爷的话。

我也因为这个故事懂得了,无论我们做什么,其实都是有意义的。有时候我们做了,可能暂时还看不到它的变化,但是只要做了,结果就已经从我们的内心生根发芽了。

爱，可以比其他事情更有意义

有很多热情随着经历的多了，也就变得心灰意冷了。

过了若干时间，"热情"会死灰复燃。于是想做光，哪怕是做最微小的那一束呢，希望它能照亮一些心灵，可却在发光之时发现了自己的内部空虚，不足以制造光源；于是就想到爱，爱家人，爱朋友，爱同事，也想尽量地去爱某个被称为敌人或者仇人的人，然后有一天，会受伤。受伤的不是爱本身，而是自己匮乏制造爱的原料。多想有个心灵上的好朋友呢，想她能知你，懂你。这么想了，也这么去寻找了，可是不知咋的，咋一看是那个人，再多说一句话就不是了，原来你们并不是一类人。

往往，喧闹可以暂时取代心灵上的寻觅。一大群老朋友心照不宣，或者老朋友引荐新朋友，或者热热闹闹地推杯换盏，状是认真地干杯敬酒或是嘻嘻哈哈，这可以解决诸多生活中的实际问题。可回到家，你是否会感到孤单呢？哪个是你心灵上的朋友，哪个又是真能帮你解开思想深处疙瘩的那一位呢？

在寻不到那个人的时候，往往需要我们独处。或者一个人窝在沙发上发呆；或者走出去，在某条小径拐弯处的石头上坐下来，安静地看远处摇曳的枝条，看草地上蹦跳着寻找食物的小鸟儿，看它们的悠闲，这可以舒缓我们内在的焦虑。那时候，可以是晴空万里，也可以是淡淡的黄昏，也或者可以自己拎着自己的鞋子，独自在辽阔的海滩上拖长了声音数自己的脚步。

我们盼望着能有个人来分享我们的内心世界，只是，那个人，不容易请来，送礼请不来，喝酒也请不来。那个人是可遇不可求的，那个人是清高的，世俗之气不可玷污他。而我们，我们实际上也是清高的，我们只是无奈于世俗。

生活着，在自由的空间里；生活着，在时间的直线里。在这有限时间里，最紧迫的，还是要爱，爱我们的父母，即使他们曾经伤害过你正在成长着的心灵，只因为我们是人类，是人类就避免不了错误，所以要真心地原谅他们，爱他们，因为能和他们在一起的时间已经越来越少了；爱我们的家人，在生而为人的短暂时间里我们能生为一家人，这样的缘分该有多深呢，所以，无论曾经发生过什么，我们都要放下，彼此相爱；爱我们的朋友，人生有缘来相聚，我们能认识，缘分本来就不浅，何况曾经相知过。爱所有能接触到的人，用爱的心灵去看着他们，或者欣赏或者包容或者怜悯。爱，可以比其他事情更有意义。

旅行去干什么

自从确切地知道，我们都被囚禁在了时间之狱里，我就开始了痛苦的思索。

从前的日子，我是一直在漫不经心地使用诸如"时间的长河"、"白驹过隙"、"时光如流水"、"明日复明日"之类的字样。它们轻易地被我反复玩耍，毫不反抗，而我也乐得这样装模作样地去感叹时间的流逝。

但是当我明确了我确实是一直生活在时间的囚禁室里时，我还是无比地震惊和无奈。之前，我只知道我可以随意地上下左右，我可以去南京，可以去上海，可以去泗水也可以去太湖，我可以登上高山，也可以在大海里畅游。现在我"突然"发现，在时间里，我只能向前走，不能向后走；只能向前走，不能向左右走；只能向前走，不能停下来。不管我有多累，也不管我有多不愿意，我都必须不停地向前走，不由自主！我真的是被一种无形的向前的力量给绑架了！在此，不仅是我，任谁都没有自由。

生命不可以回头，但侥幸的是，生活尚可以自己安排。因此，趁着还能走，趁着还能看见阳光,我开始一个新的旅行计划。

旅行去干什么?有什么意义吗?老子说:"不出户,知天下;不窥牖,见天道。其出弥远,其知弥少"。他老人家告诉我们,若想知道的多,就别出门。

我旅行,并不是想多知道什么,只是因为在司空见惯里我已难于发现美,我愚也。

我旅行,我也不会去大的都市,因为在都市里我同样难于发现美。

我旅行,我只是想在属于我的有限的狭窄的时间光束里,多看几眼没有重复的指纹似的,像遥望着的星星似的,那些多而细碎的天生之璀璨;多看几眼平凡如我般的,在消失了就不会再有的,独一无二的尚且还存在着的自然之个体。

我旅行,是想让久被麻痹的思维被触动,被唤醒。

我旅行,尤其是想在有限的生命里尽可能多地呼吸到一些生命的空气,以满足我天生的贪婪。

还有,我旅行是因为我不主张在已经很难发现美的时候还拼命地去发现美,这一很痛苦,二很可恶。

探访曦和之太阳古国

"大荒之中有山,曰天台高山,海水入焉。东南海之外,甘水之间,有羲和之国。有女子曰羲和,帝俊之妻,生十日,方浴日于甘渊"——《山海经·大荒南经》。

天台山位于山东省日照市东港区涛雒镇南,据考证,天台山中有汤谷,是东夷人祖先羲和祭祀太阳神的圣地,是东方太阳崇拜和太阳文化的发源地,也是东夷人祭祀先祖的圣地。

赶在新绿还没萌发的初春,我们骑着山地车,带着对远古的敬畏,一路踩到天台山的脚下。横穿过上山的公路,顺坡而下,再拾级而上,就将遇见远古。

攀登通往远古石阶的过程很美。其实,不需亲自攀登这些朴素的石阶,只要用眼睛观看,就已经很美了;而抬腿落足在这些参差不齐的石块之上,就有走在通往远古的时光隧道般的感觉了。它们蜿蜒着一直高高地指向我未知的前方,石阶的一旁被种植着一些低低矮矮的小树,因为还不曾长出新绿,所以看不出是杜鹃还是山茶,有人开玩笑地说是玫瑰,竟被我信以为真,引来人们的笑意。后来见一写着《胭脂草》简介的立牌,想她们应该是胭脂草吧。

艰难地登着一级又一级的石头台阶,想着不知道这台阶是现在人就地取材铺就的,还是远古时代的人们为祭祀太阳神而劳碌的,心里这么想着,嘴上就说了出来,老公说,傻老婆,这不明摆着是最近铺的吗!现在不收费,以后就要收费了!于是,我心里开始哂笑。

骑了三十多公里的车子,再攀登这高高的石阶,可真累呀,就在累得快迈不动步的时候,我们遇见了女巫在唱歌:

女巫魂兮,灵游林兮;

守我家兮,老祖尸兮。

万年睡兮,帝俊生兮;

子昊鸷兮,祖羲和兮。

行人安兮,神赐福兮。

累,消失了。我用心聆听着她的歌声,那歌声似有似无,若隐若现,如歌如诉,如丝如缕:

我是阴魂未散的女巫,像幽灵在密林中漫步;

守卫着昔日的家园,看护着先祖的尸骨。

我是沉睡万年的女巫,出生在帝俊的国度;

太昊少昊是我的晚辈,羲和女神是我的祖母。

好心的路人放慢脚步,你会得到神灵的祝福。

穿越时空,她从远古来到现代的我们,亦或是现代的我们鲁莽地走进了他们的领地……打扰了……

继续前行,我们就来到羲和部落的遗址。坐下来,体味一下当初"会议"的情形吧。这里是否应该有篝火?这里是不是欢庆勇士打猎归来的场地?抑或是商讨"救万众生灵"的地点?

土人传曰:盘古开天辟地,日月星辰各司其职,四海一统,其乐融融。不意太阳爆,陨石降,竟至石破天惊,"四极废,九州裂",民不聊生者也。幸得女娲补天于高山之巅,羲和浴日于东海之滨,救得万众生灵。

然而,这一切我们都不得而知,但见有着太阳图腾的宝座,依然威严地"耸立"在岁月的时空里。无论我怎样用心地聆听,也听不到昔日主人的只言片语。作为后来人,我们也只能从这些残存的石刻上,用自己的臆想猜测遥远的他们。而我们,无论如何也走不进他们的世界。

再往前走,相对平坦,有神龟,有那个著名的射日人——大弈的墓。大弈墓依山而建,原为高大的积石冢,人称"大弈陵",墓碑上刻"十南皇"字样,以示纪念。此时,回头一望,美好的山河正沐浴在这"海水入焉"的云雾之中,安静地守候着流逝的岁月,但是,我们深深地知道,在这看似安静里,已经是次次的沧海桑田!

顺着比较平缓的石阶继续前走,就会遇见神龙。神龙卧于大地之上幻化为石,展现在我们的眼前。神龙总长80米,其头15米,身55米,尾,10米。龙头上有泉二,其中一眼为"深不过半米,径不过五尺之泉",即使大旱之年,泉水也常年不涸,为世人异之。我们也异之,仔细观察,却怎么也找不出它不干涸的原因,难道在这巨大的石头之上,竟然还有连通地下水的泉眼不成? 真的想如八百岁的彭祖一样饮一瓢"净六欲心不在五行中"的神奇泉水,奈何在这泉眼之中,我怎么也寻不到他的"清静"。

如若再看,传说中的古迹还有好多,可我们的时间有限,必须要下山了。他们走在前面,我走在后面,之所以这样,一来是我的体力实在是不支,二来也许是在我的意识深处,依然留恋着那些远古的不为现代人所知的秘密。

期待着在绿树满山,野花点缀的季节里,能再次光顾这里,光顾这有着女巫,有着无限神秘的天台高山。

羡慕苏州人

百合回来了，她总归是要回来的。

她把一些情绪放在路上，就转身回来了。

江南总是能够吸引她。要吸引她，只需说出江南的音调。而那些古旧的街巷，她总喜欢把她们比喻成可爱的小姑娘，远远地望去，那根本就是一群扎着羊角辫子的调皮又精致的女孩儿。

她如此悠闲，悠闲的是苏州。他们在狮子林、虎丘、吴门桥、觅渡桥、山塘街到处转，看古迹，听评弹，到处流水，到处风景。别说是园林，即便是新区，风景也随处入眼，他们的候车亭才真的叫亭子，就是那种古香古色的亭。仿若宫灯样的路灯让百合以为，时光是逆转到了古时。

没有急噪，除了知了。36摄氏度，闷热。百合有些心燥，看苏州的朋友却泰然自若，优然悠哉地喝着冰水。他把另一瓶递给百合，百合也就喝，大口大口的，直想把心也冰

做个幸福的人

镇了,结果,冰镇到头疼。

自从读过冯至先生的伍子胥后,百合就开始喜欢子胥这个人了,有时候甚至想自己就是他。百合是女人,子胥是男人,而他们的性情却有很多是重叠着的。如此想,性情应该是不分男女的。因此她就想着,一定要去看看他。

"这状况,怎样支持下去呢?"子胥终于按捺不住。

"在长途的跋涉里,子胥无时不感到身后有许多的事物要抛弃,面前有个绝大的无名的力量在吸引。只有林泽中的茅屋,江上的晚渡,溧水的一饭,对于子胥是一个反省,一个停留,一个休息。"他的一生又何尝不是在不断地抛弃和抗争呢?而他最终是被抛弃了所有,然后,不得不抛弃自己的身家性命。

那是怎样的悲壮呢!足够的悲哀,却又无可奈何。仰望着他的雕像,百合就这么想着。

"这状况,怎样支持下去呢?"子胥的按捺不住,想必是他本来并非吴国人的缘故。从百合所了解和接触的苏州人来看,苏州人是很不容易被激怒的,他们的心态总是能够平和,总是能够用他们的聪明睿智化解本该的愤怒,获得平安。

如此,百合就有些羡慕苏州人了。尤其让百合羡慕的是苏州人已经彻底解决了一项生命环节中的很重要很重要的大工程——排泄问题,他们的任何公厕都不收费,而且出奇的洁净,还而且在你需要的时候,你总能看见它,这多贴心啊。还有,人家70岁以上的老人乘公交车都是免费的;人家市民花120元就可以办一张园林年卡,一年内凭卡任意游园100次。难怪人家都能心平气和呢。

可苏州再好,也是人家的苏州,所以,百合就回来了,然后在这里羡慕着苏州人。

与生俱来的胆小需要我克服一生

我是多么胆小呢，我是多么憎恨我的胆小呢。

胆小常常让我不够自信。我不知道自己什么时候该说什么话是正确的，什么时候该做什么事儿是对的。胆小常常让我怀疑自己是否说错了话，做错了事儿。

小时候，我害怕要饭的，直到现在我看到要饭的还心存胆怯。小时候不知道为什么怕，现在明白了，我是在怕他们乞讨时那种执著的表情。我经常想，他们为什么不肯去卖冰棍赚钱？哪怕是卖鞋垫也好啊。可我还是习惯性地把小钱放在一处，只要他来了，就快快地给他，打发他快快地走掉。

我不光是怕要饭的，我也怕男人，我不知道该怎么和男人交往。从我得到的信息里，男人都是恐怖的兽。他是男人，他首先就具备兽的特性。他总是想征服女人。想干掉女人。想把女人据为己有。这么说，他们似乎又不是兽，反而女人成了兽，而他们是猎捕兽的勇士了。这样混乱的思维让我一直搞不清楚男人的本来面目，因此就很莫名

做个幸福的人

其妙地惧怕着他们。

我也害怕女人,尤其是害怕不会笑的女人,因为我不知道她为什么不会笑,不知道她心里想些什么,不知道她幸福不幸福,我怕稍不留意就惹她把心中的怨气从我这里煞出。

我还害怕黑,怕一个人坐车,怕独自逛街,怕过马路,怕夜灯下的镜中人。我惧怕一切未知的恐惧。

按说我存活的日子已经够久了,应该洞察一些世事了,可我就是不能清晰地知道这些。我自我感觉清楚大自然可能要胜过清楚人类。人的复杂对我来说似乎只能远观而不能近距离碰触,我为之努力过,可每每身心俱疲。

胆小造成我的想象力异常发达,同时也训练了我的自我检讨本领。我会经常想像事情的可怕之处,回想自己言行的不当之处,但往往都得不到肯定的答案,于是我的这些"优点"也就没有什么实质性的意义了。

我一直想方设法地克服我胆小的毛病,《素问·阴阳应象大论》中指出:"有脏为肾……在志为恐",《素问·举痛论》中说:"惊则心无所倚,神无所归,虑无所定。故气乱矣"。如此分析,我的胆小是先天不足,后天又反过来中伤先天造成的。遵循五行相生的原理,我就尽量让自己不怒,不大喜,少想怎么也弄不明白的事情,少忧虑自己解决不了的问题。可我常常做不到自己要求的那个样子,于是就更加地明确这是身体本身的原因,并不是思想可以控制的,就像当机器出了毛病,必须要去修理机器本体而不能只靠思想去发动它。于是我就开始注意四时五运六气,从风火热湿燥寒上注意,从饮食上调理,必要时还动用了一些中药。

如此已经过了不惑之年,可我的胆量还是没有增大,可喜的是神气已经比较清爽了,心灵也比较随和了。自我感觉生命才刚刚开始,可我忽然间又伤悲起来:为什么生命才刚刚开始,自己却已经到了这一大把的年纪?自己还能再活40年么?可怜我的觉悟啊,前40年是白活了,可是,继续活着,就确定不是白活吗?昨天,我白活了,今天马上又要过去了,显然也是白活的。如此推算,今后的我必然也是白活的,白活到弄不明白人到底是怎么一回事儿。

我存在的常理是必然消失。此刻的存在只是虚无里的某个点而已，每一个此刻都将消失。消失后会成为什么？还会不会有思维？会不会真的有永恒的灵魂存在？自己以为自己是什么呢。那些自尊自爱的，那些要饭不要脸的，那些猎兽的以及被捧在手里疼惜的，结局都将是无。既然如此，我干嘛还要胆怯呢？话就这么脱口而出了，无所顾忌，但我马上就感觉到我又说错话了。看来，这胆小的毛病需要我克服一生了。

小孩子诗韵的哭泣

昨天晚上小孩子诗韵很难过很难过地哭泣了好久,一会哭,一会写,直哭得眼睛都肿了才罢休。

原因是她写了一篇关于"年"的回忆的作文,其中有一段"大年初一到满是积雪的山上砍柴"和"大年初七八去兴凯湖"的情节,我说这行不通,因为这根本就是假的。我说她时间安排的不对路,这些时间有可能发生这些事情,但绝对不是发生在她的身上,也绝对不会发生在她写的年代。可她分不清楚这些。她和我奋力分辨。

我毫不留情地说,故事可以虚构,但是一定要切合实际,你写的根本就不现实。现在的树是随便砍的么?

"那如果是我爷爷自己种的树也不能砍么?""那也不能。"

"那西方的圣诞树是怎么来的?""西方和我们不一样。"

"再说,你小时候哪有那么大的雪?你什么时候上山看见过松鼠和狍子啦?我们什么时候大年初七八去兴凯湖啦？我们只在夏季去。"

她就眼泪汪汪地和我辩白说："我觉得应该是这样的。"

我想我是说得狠了点儿，但是不狠她又怎么能记得住她的错误呢？她就趴到床上哭了起来。我不再理她。一会儿，她抬起头来问我："我小时候是怎么过年的？"

以下全部引用她自己边哭泣边写出来的文字：

"西方人在过 Christmas Day 时用的 Christmastree 是怎么来的呢，现在人不知道要怎样 cuttree 了，我好想到林肯那个时代啊，我想 cuttree 那也是一种发泄方法吧，那种发泄完了的快乐，人类永远都不会了解了。

想象，那是我心中美好的一段回忆。我知道那是不真实的，但是我对儿时的回忆大部分都是空白的，我只能想象一些美好的东西去填补它。我知道那是想象的，但我宁可把它当成真实的。因为我的记忆不能是空的。我对小时候的回忆大多是边看相片边想象当时发生的情景，然后就把它储存在我的脑子里，下回就会再想起来，我的儿时记忆就是这样一点一点地拼想起来的。它是假的。但同样是美好的。美丽让我信以为真。

我不记得八岁前是怎样过年的了，但这个想象是我认为该发生的，也许会和真实有些不合，但只要我把它当成回忆就好。就只有我一个人。

问：我怎么过年的？

妈妈说：不知不觉就过去了。

就是这么波澜不惊吗？没有什么值得我回忆的，这也就是我为什么没有回忆的原因吧。

问：孩子为什么记不住小时候的事？

妈妈说：记得有什么用啊，我还想忘了呢。

这样像一个失忆的人，不知道他以前是谁，干了些什么，自己以前怎么样，怎么又突然长这么大的，这样我会疯掉。真的会疯。"

她就这样哭哭写写，问问写写，边哭边写，偶而把头埋在枕头里。后来，她就说：妈妈，我给你念我刚才写下的。我就回转身体面向她，听。她说，妈妈，你转过身去，你打字。

这个害羞的孩子啊,在我看她的时候,她不好意思念出来。于是我就转回身来,边胡乱地敲打键盘边认真地倾听她的声音。

待她念完后,我就回转过来,拥抱她,亲吻她。然后,我们出去洗脸。她就指着她肿肿的眼睛,害羞地说,怎么样才能让它快速消肿?万一明天还这样怎么去上课呀。我就教给她消肿的方法。然后,一直看着她洗漱完毕进屋,熄灯。

今天早晨,我问她,还难受吗? 她笑了说,哭过就好了。

女儿的端午

我所热爱的岁月,在窗外的莺声燕语里醒来了。

我所热爱的端午,在婆婆昨夜煮下的粽子香中醒来了。

我所关注的自己,在家人未醒之前先醒了。

清晨四点半,我把婆婆昨夜睡前挂在阳台外面的五彩线,由端午的露水里取回,趁着太阳未醒,趁着女儿未醒,我把这五色的云彩分别挂在了女儿的颈上、手腕上和脚腕上。

我轻拍这个十五岁的青春小少女,拍拍这个喃喃地翻身又睡去的小少女,我轻轻地退出她的房间。

端午的清晨,阳光尚未普照,我微笑着,重新进入睡眠。

室内空气清脆,满屋又糯又香。

生个女儿好好疼

我爱我的女儿。这是什么话呢,哪个妈妈不爱自己的孩子呢。是了。做妈妈的,总是希望自己的孩子能够健康快乐地成长,我也不例外。

晚上和朋友一起吃的韩国料理,在边吃边聊里总是不由自主地聊到孩子。朋友的孩子今年读高中二年级,她整天忙的呀,像个啥似的,每天中午下班就要匆匆忙忙地,赶到特意为陪读租住在学校附近的家里为儿子做午饭,晚上下班先回到自己原本的家里喂她的小狗,然后打扫卫生,打扫完卫生乘休息的时候看一小会儿电视,然后在9点之前就要悄悄地走出家门赶到儿子那里为儿子做饭,等孩子10点回来好能吃上可口的饭菜。然后孩子学习,她就洗洗刷刷后陪读直到夜里。早上5点30准备好早餐,儿子吃完走后,她开始打点自己,去上班开始忙碌公司的事情,每天忙得团团转。她问,你姑娘那时候你们天天车接呀?我说,哪儿呀,高三她坐通勤车。高一的时候给她买了个电动自行车,她骑车上下学。

别说，这么多年来，我亲爱的女儿还真没让我操过心。上小学一年级的时候，她的小哥哥读三年级，他哥哥每天骑着儿童自行车带着她去上学，那也真是一道风景。等上小学三年级的时候，她就能自己骑着小自行车上下学了。当初她可是相当地自豪呢。

上了初中，应她的要求给她买了个大的自行车。

上了高中，由于学校离家比较远，大概有七八公里的样子吧，于是我们就商量着让她骑电动车，她很高兴地同意了，于是就给她买了个明黄色的欧派脚踏板，她骑上感觉也很自在，从高中一年级一直骑到高二的那个暑期结束之前。高三的学习实在是太紧张了，每天回到家里都要晚上10点多，我和他爸爸怕她一个女孩子骑车不安全，就让她坐了通勤车。那段日子她每天早上5点起床，带着面包、牛奶、一个苹果或者一个香蕉去上学，中午在学校的食堂吃，晚上自己出去买，她怎么吃我们不干涉，只是叮嘱她每天必须要吃蔬菜。晚上回家后我们一家三口一起吃上一盘水果沙拉或者是糖拌西红柿，再每人一杯酸牛奶，然后就在电视的声音里，在说说笑笑中洗漱，11点30分就寝，她常常会再看一会儿书，我也常常会在零点的时候去敲她的房门，督促她赶紧熄灯。

那些日子，我和他爸爸每天晚上10点15分下楼到小区门口去接她，看着她从通勤车上下来走向我们。或者微笑，或者平静，或者喜悦，或者微含嗔意，那个情景，深深地印在我的脑海里，总也不能忘记。

女儿最终考取了重庆邮电大学，对这个结果她是很满意的。当时我们都想让她报青岛的大学，因为离家近，可以随时回家，我们也可以随时去看她，可她还是选择了重庆。如今看来她的选择是正确的。因为离开了家长，更能锻炼她的自主能力。

由于我们家一直实行民主教育，女儿很小就有很好的判断主张。思想也很健康，所以我们从来也不担心她的大学生活会怎么样，我们相信她一切都会处理得很好。

只是，她转眼就长大了，这让我有些失落。在她长大的过程中，我总是抱抱她，亲亲她，可后来她的个头竟然长的比我都高了，那个时候，每当我说，妈妈抱抱，她就呵呵地笑着说，还是让我抱你吧。

2010 年的 9 月 8 日，我们和她的娇姨一起送她去学校报到，第一天、第二天她和我们住在一起，第三天就住到学校宿舍了。12 日晚上我们一起吃的萝卜老鸭汤，然后她和我们一起回到招待所，临分别的时候，我说，妈妈抱抱，她乖乖地让我抱了，我把她抱在腿上亲了一下她的脸。她乖乖地在我的腿上坐了一会儿，说，妈妈，要把你压坏了。然后，起身。他爸爸送她出去，直到看着她走进大学的校门。她爸爸说，他感觉到宝贝哭了。

9 月 13 日，我们从女儿的重庆回到了山东日照的家里。

今天，距离她开学的日子正好一个月了。女儿不在身边，有些想她。因为想女儿，就很想告诉有孩子的妈妈们，趁着孩子还小，能多抱抱就多抱抱，能多亲亲就多亲亲，长大了，就只有想的份儿了。

我们的孩子超儿

超儿是我们的孩子，我是说，他除了是他爸爸妈妈的宝贝外，更是他爷爷奶奶，小叔和小婶我们共同的孩子。他是一个幸福的小孩，人们都这么说。

超儿在十岁的时候离开他的父母跟着我们背井离乡从黑龙江的鸡西来到了千里之外的日照，从此，他就成为了我们的孩子。

其实，在超儿6个月大的时候我就见过他了，那个时候的我和他小叔正恋爱着呢，那个时候的他每天除了躺在奶奶的炕上睡大觉外，只知道在他漂亮妈妈的怀里吃奶。

超儿小的时候是一个很乖很可爱的小男孩，当然，他现在也很乖很可爱，虽然已经上大三了，可还是很乖很可爱。

可以说，超儿是我眼看着茁壮成长起来的。在他两岁的时候，我和他小叔结婚了，他爸爸妈妈每天上班没时间照顾他，而他爷爷奶奶就这么一个孙子，所以特别特别地疼他，不舍得让他上幼儿园，所以他就以爷爷奶奶的家为家了，除非他爸爸妈妈有什么特别的理由，否则不可能从爷爷奶奶的身边把他带回属于他们自己的家。我之所以能把他带到山东来，是因为他爷爷奶奶也一起来了。就这样，我们一家六口开始了在日照热热闹闹的幸福生活。

超儿刚来的时候，我管他学习管得很严格，有一次他考试没考好我就把他关进了小屋子里，告诉他不做对布置的题目不许出来，结果他爷爷就找我训话了，说，你这样可不行，这么管他，万一他跑回东北怎么办？老人家一语惊醒了梦中人，说到底姜还是老得辣，想得就是比我周全，我从来就没想过这个问题。

那天晚上我失眠了，我开始设想种种后果，我想起了我的高中同学余小渔，当年她就是住在叔叔婶婶的家里，和奶奶住在一起，后来喝安眠药自杀了。她的自杀我当年就分析过了，虽然余小渔住的是亲叔叔亲婶婶的家，可她总有一种寄人篱下的感觉，这感觉让她很孤独，孤独让她很想谈恋爱，可谈了恋爱又产生了新问题，有了问题却无人倾诉，没有亲近的"大人"能帮她分析解决问题，我想这是她自杀的原因。我越想越害怕，从第二天起，我就改变了对超儿的态度，转而开始对我自己亲生的孩子，超儿的妹妹格外地严格起来，我想，这个是我自己生的，我管得再严，她也没地方跑，我就杀鸡给猴看，让超儿看看我是怎么教训他妹妹的，看了之后，保管他就不敢太放任自流。到现在为止，我也不知道我这招儿对超儿起没起到震慑作用，反正他是考上大学了。

因为超儿远离父母，所有关于他的教育问题就都落在我们身上了，在他青春期还没开始的时候，我就和他小叔叔说好了，男孩子的性教育归他管，女孩子的归我管。于是他小叔就对他的青春期教育负起责来，告诉他男孩子到了青春期会有遗精现象，那是长成男子汉的标志，是应该庆贺的事情；被女孩子喜欢是好事情，如果你有喜欢的女孩儿可以领回来给我们看看。于是超儿就傻了吧叽地把人家女孩子写给他的情书通通地公开给我们了。他小妹就在一旁瞎出主意，告诉哥哥应该怎么怎么给人家回信。他爷爷也兴奋地参与着，在那儿幻想着他孙子能给他找个什么样的孙媳妇儿。他爷爷经常笑呵呵地满足地说，什么是天伦之乐，我这就是天伦之乐啊。想想那个时候我们一家六口人真是其乐融融啊。

在超儿考上大学的那个夏季,他的爷爷奶奶带着他一起回到了东北老家,在接受了所有亲朋好友的美好祝福后,直接从东北去了大学校园,爷爷奶奶就此留在了东北。从此,只有我,超儿的小叔和超儿的妹妹,我们三个人住在日照的空空荡荡的家里。

去年夏天,超儿大一的暑假没有回东北,而是直接回到了他生活了十年的这里,我们一家四口人高高兴兴地去了九寨沟。大二的寒假他没有回来,可是他的好朋友李石却从济南的家里来日照看我们了,那个实在孩子还带来了一大袋子有着翠绿翠绿的叶子的橘子来,让我感动得稀里哗啦的。今年夏季超儿直接回到了这里,然后我们一起回到东北去看他的爷爷奶奶,然后他和我们一起回到日照,在和他的死党李石、黄政、贾枫舒等相聚后,在和他的小学同学如今的超级大帅哥张超相聚后,再回到河北的学校上学。今年的寒假不知道他是回东北陪爷爷奶奶呢,还是会回到这里。我们说,无论他的选择是什么,我们都会尊重他的意见。因为超儿已经大了,他该有他自己的主见了。

如今的超儿已经长成一个文质彬彬的幽默可爱的大男孩了。他的朋友很铁,他的人缘很好,他很爱微笑,很爱画画,他的羽毛球打得很好,身材也很好,他是一个时尚而美好的孩子。

我乐观的妈妈

　　妈妈已经 63 岁了,她从年轻的时候身体就不是很好。近两年来的右腿又是瘸的,走路很费劲。每看到她走路我就难过,但是,她始终是微笑的。

　　记忆中的妈妈不是工作就是住院,严重的时候还要我慈祥善良的姨姥来照顾她和年幼的我们。

　　妈妈一生都是在与疾病做斗争的,但是,她一直都是乐观的。在我们很小的时候,妈妈除了在矿山上班外,还开荒耕种了很多园子。记得我们家有大片大片的菇娘,有好多好多的樱桃树,每到春季,樱桃树就开出大片大片的像云彩一样的花儿,那时,大片的葱和韭菜也开花了,它们的花啊,果树的花啊,到处都是蜂飞蝶绕的,这些景象给我的童年留下了难以抹灭的美好印象。

　　那个时候的我们住在工农交界处,就是工人兄弟和农民兄弟共同居住的居民区。那个时候还经常划地,还有红卫兵砍资本主义尾巴,有一次红卫兵把我们家的樱桃树也给砍了。地里种的东西都不让卖，说是投机倒把。可这一切都不能挡住妈妈热爱生活，想让我们过上好日子的心情。她经常走街串巷地把丰收的豆角黄瓜或者韭菜拿去卖，然后到商店里给我们买回饼干和奶粉，也用这些钱给我们买扎辫子的各种颜色的头绳和绸子。那个时候很多人家都很穷，可我们家的孩子却经常可以在夏季里享受到美味的冰棍和西瓜。

乐观能干的妈妈在我上小学一年级的时候，右手食指上长了毒疗，医生说必须要把手指锯掉，可妈妈说，锯掉手指会影响做很多事情的。后来请老中医梁爷爷给治好了，可治好后的食指也只保留了一截半，前面的，硬生生地烂掉了。你可以想象出妈妈会有多疼吧？可她始终都是那么坚强。

在那之后，妈妈就没有工作了。我们也已经由工农委搬家到了矿山的庆文街。印象里，我们居住的那条街道是整个居民委里最宽敞、最干净的，长长的直通向矿山唯一的一条沥青大道。我家就在大河的西岸，冬季的河水会一直冻到我们家的路面，宽阔的如同没有边际的操场。春季杨柳依依，在扬花中，慈祥严厉的奶奶教我做对子，"风吹毛动猫不动"、"日晒河开荷没开"、"杨柳扬花扬满天"……三十年后的今天，我依然清楚地记得这些。

夏季，院落长长地通向街道的小径开满了火红的野百合、粉色的山芍药、金黄的金丝荷叶以及一直延续到秋季的各种颜色的矢车菊、大丽花、指甲草以及香香粉粉的地雷花。

秋季，我们姐妹的窗前是成片的淡紫的石竹花和深紫的马兰花。父母的窗前则是淡黄色的待霄草，每当月上树梢的时刻，那些美丽的花朵就飘出阵阵的清香。清晨，我经常在薄雾中到距家几百米的山林之中诵读课本。也经常在初春的午后和三五个要好的同学徜徉在山顶大片大片的粉色云彩般的达达香花丛中。

我爱极了父母选择的住处，它给了我少年生活以无限的丰富。

爱我们的父母总是想方设法地让我们生活得更好。爸爸每天上班，下了班后就照顾奶奶，照顾花朵，照顾土地和那些果树们。妈妈开始在人民饭店批出油条、麻花，然后推着自行车走街串巷去叫卖。这项工作在每天早晨的四五点钟就开始了，一根油条赚一分钱,一根麻花赚两分钱。妈妈不辞劳苦地风里来雨里去,寒暑无阻。后来,妈妈在朋友的帮助下摆了一个水果摊,才算是安定了下来。

可水果才卖了一年,她就患了肾炎,全身浮肿,四肢无力。那年我14岁。同一年,姥姥去世。巨大的痛苦笼罩着妈妈,让她痛不欲生。然而,她很快就镇静下来,积极地治疗自己的疾病,同时,也更加爱我们这些孩子了。也是在那一年,我的脸上突然长满了雀斑,妈妈为我买了所有能够买到的听说好用的化妆品和治疗雀斑的药品,这也是妈妈在我混沌的心里种上的第一棵爱美的幼芽,它让我受益终生。

好起来的妈妈第一个给我们家买了洗衣机,第一个买了录音机,第一个买了十四英寸黑白电视机,这在我们街道,都是第一。幸福中的我们长大了,结婚了,奶奶去世了,妈妈终于肯停了下来,但是,她仍是闲不住。她栽种了好多葡萄,退休的爸爸买回关于葡萄栽种的书籍,专门当起技术员来。那个时候,每到金秋时节,我们家的后院真是硕果累累,葡萄满枝呀。

爸爸妈妈幸福地忙碌着,我们的内心感动着心疼着。可是那样幸福的日子也并不长久。

1998年我背井离乡来到日照,兴许是父母都不是黑龙江土著的缘故吧,他们对我来山东生活都很支持,所以我当初没有任何顾虑地和公公婆婆、老公、女儿还有大伯哥10岁的儿子迁到了日照。

刚来日照一年后的春季,忽闻母亲病危的消息!晴天霹雳!我任怎么都不相信这个消息是真的。可它确确实实是真实的!原来,妈妈早就病了,是当年卖水果时在一次进货的归途中出了车祸,当时妈妈昏迷了8天,医生说这个人废了,即使醒了也只能是个植物人。那年我读高三。可当妈妈醒过来后,很快就恢复了健康。所以慢慢地大家也就忘记了妈妈曾经遇见的那次车祸,可它却成了妈妈健康的重大隐患。经查:脑动脉有陈旧性疤痕,这是病危的直接原因。当时,店面正在进行扩大装修,离不开人,没有办法,只好让小妹先行一步。说也奇怪,当小妹回到家里的时候,妈妈已经能喝稀饭了。本来是大小便失禁,什么也不知道了的。后来听妈妈说,其实,她就是睁不开眼睛,说不了话,可她心里明白,她一直在和神交流,神让她又回来了,奇迹总是发生在妈妈的身上。随后妈妈逐渐好转，等到三个月后我老公和建波去接他们的时候，妈妈已经能在爸爸的搀扶下行走了。来到日照的妈妈每天心情都很好，半年后自己就可以完全自理了，妈妈更是高兴得不得了，逢人就夸我们的孝顺。可其实，我们除了被爱，又为妈妈做了多少呢？健康起来的妈妈在三年前有了外孙子，小妹的儿子慈恩出生了，这是一件多么让人高兴的事情呢。妈妈义无反顾地承担起了照顾外孙的责任。

俗话说，福无双至。在慈恩刚刚一岁生日的那个夏季，妈妈又出了车祸。在海滨五路和黄海一路的路口，妈妈被一个拉沙子的大农用车违章撞倒。幸好当时我的朋友小娇打此经过，发现有车祸就凑过去看热闹，结果一看是妈妈，吓得她当时就变了声音，打电话手都不好使唤了。等我们赶到的时候，救护车已经来了，可那个司机竟然弃车而逃。经检查，妈妈脑部有出血现象，立即被送进了重症监护室，一连三天，妈妈什么也不知道。在这期间，我目睹了同病房患者的死亡，当时的心情难过得受不了。刚才我说过，在妈妈身上总是有奇迹发生，这次同样如此。第四天妈妈就睁开了眼睛，第七天就转到了普通病房。当转到普通病房的时候，我们才有心思处理车祸的事情。撞妈妈的司机一家很困难，那个车还是借钱买的，女儿又正在读高中，因为出了车祸，车也被扣押了，司机也就没有赚钱的出路了，车还没有办理保险手续。所以，善良的妈妈仅仅让他出医药费就好了，其他的一切全免，可即使是这样他也拿不出那么多。回家调养的妈妈一直是在爸爸的搀扶下行走的，等完全好了的时候，才发现，妈妈的右腿已经永远也不会打弯了！

妈妈依然在楼房后面的空地上开辟出田地，井井有条地种植着胡萝卜、罗勒、小白菜，也有枣树、无花果、香椿，还有一棵柿子树，我看见上面已经有红色的柿子了。当那些果子成熟的时候，妈妈总会把它们摘下来，用地旁的井水洗干净，拖着不会打弯的腿给我送来，然后乐呵呵地，非看着让我吃下一个后，她才会继续去做其他的事情。

这就是我乐观的妈妈，她从来不怨天尤人，从来都是那么坚强，从来都是那么善良，从来都是那么爱我们。

记忆里的美好

喜欢《布鲁克林有棵树》，以致有一段时间总是推荐给自己喜欢的人看；喜欢贝蒂·史密斯在《爱上生活》里左拉说的话：所谓充实的生活，便是"养两个孩子，栽棵树，写本书"。就像她说的，左拉所说的"书"，一定是一个象征。那么我想，左拉所说的"树"，也一定是一个象征，指的是任何生机勃勃，可以给人带来希望的东西。

我栽过一些树，前几天还和车友们一起去栽树了呢。但是印象深刻的还是少年的时候，在校园里和在退耕还林的山坡上栽的树；我也在爸爸的指导下，在家的靠近河岸的土地上栽过树，把一根根30厘米左右长的柳条插进土地里，过不了多久就长成了郁郁葱葱的像竹林一样的柳林，以致在我印象的家里，大片的柳林是不可缺少的元素。

说到家的元素，我还不得不提一下我家长长的通向门前街道的小路，小路的两旁有时候种的是各种花草有的时候种的是大绿叶子的向日葵，小路的右手边是吕大娘家,我们两家之间是用木头夹起的栅栏做的隔断,一棵开着好看的樱花的树,也是结着好吃的大红樱桃的树从吕家探过头来向我家招摇着,吸引着小小年纪的我们。我经常会馋得忍不住偷偷地摘几颗她家的大樱桃,吕大娘看见了也不训我,反而会摘下一大碗送过来,我们姐妹就欢天喜地吃。后来,爸爸在我们家的每块地的角落都栽种了一棵樱桃树,每到樱花开放的季节,风和日丽就开始了,蝶舞蜂绕的花朵就像粉白色的云彩一样一片一片的那么富有动态美,每当有风吹过,它们就会颤悠悠地飘落一地,与摇曳着花的树木相映成趣;当樱桃熟了的时候,我们总会叫上最要好的同学来我家吃樱桃,因为樱桃树太多,成熟的又太快,我们姐妹怎么吃都吃不完。

如若日子永远停留在那里,我和树就永远都不会长大,我就永远都有樱桃吃。可事实上,我已经四十有三,家也已经搬过几次了。那些樱桃和那些柳树也已经完全停留在我的记忆深处了。想想,真是值得庆幸,因为我的离开,那些树就在我的记忆里生长了,而且生长得越来越茂盛,那些花朵和那些樱桃也越来越美好。

人心不自缚

其实我想把这个题目叫做"人心不自约"或者"人心不自束"来着,意思是说"人自己的心不容易约束自己的行为",可话没这么说的,也就罢了。我想"人心不自缚"的这个缚字,应该被理解为束缚、约束的意思吧。

人生性热爱自由,我也不例外。总想凭着自己的意愿做一些事情,美其名曰:本人不做坏事,对得起良心。其实大凡的不做坏事,是指不触及法律道德之类的。也就是说,自己能充分地享受在法律道德监督之下的自由。

生活想美好,除了要有法律道德的约束之外,还有很多其他的各种各样的条条框框去约束特定人群的特定行为,比如学校的校规、厂里的厂规、店里的店规,村里的村规,回到家里还有自己的家规。俗话说的好,无规矩不成方圆。有了规矩就好办事,有了规矩出了事儿就好处理,凡是不合乎规矩的一律不合乎标准,归属于假冒伪劣一伙的。

按说,有了规矩就该按规矩办事。可俺说了,"人心不自缚"嘛,哪个能心甘情愿地约束自己呢。就说我自己吧,每天早上把家里的地板擦得贼干净,宣布老公和孩子进卫生间一定要换鞋,进厨房一定要换鞋,免得把水带进来弄污了地板。人家两个人为了尊重我的劳动成果,外加表示尊重我这个大活人的话,倒也很认真地遵守了,可最初破坏这个制度的却偏偏是我这个制度的制定者!

事情的原委是这个样子的,最初我也是严格地遵守这个规矩的,尤其是在家里人都在的时候。可是有一天是我一个人在家,那天我正在看一个很有意思的电视节目不想走开,却非要小解,就快跑到卫生间,当看见卫生间的地面很光洁,没有一丁点水迹的时候,就想反正是我一个人在家,又没有别人看见,换鞋怪麻烦的,速战速决嘛。就这样,我第一次进卫生间没换拖鞋,这规矩就这么被我破坏掉了;再有一次是进厨房倒水,看着厨房光洁的地面就想,只是倒杯水马上就出来了,省得换鞋麻烦。就这样,这个规矩再次被我自己破坏了。再然后,我就在家里有人的时候也自觉不自觉地破坏着规矩,最后,终于被老公大人发现了。

在老公一顿义正言辞的谴责之下,在女儿微笑的注视之下,我深深地感觉到了自己的罪责。以后再去卫生间的时候,再违反规矩的时候,我总是会受到良心的谴责。可我还是会偶尔地破坏自己制定的规矩。

朋友可以出借吗？

琢磨了一下挺有意思的一句话，就是"当你把钱借出去的同时，把朋友也借出去了"。

这话说着简单却很沉重。当有人向你借钱大抵都是急用，而且借钱的人一般情况下都是自己非常要好的亲朋或者好友。俗话说的好"救急不救穷"，只要自己手里有钱，一般都会借的。即便是数天后自己也必须用的钱，在朋友的再三保证下也会借给对方。

然而，说起还钱来却真不是什么简单的事情，你总会遇见还不上你钱的好朋友，即便是在你急得抓耳挠腮急等用钱的时候，他也还不上你的钱。而且还会因为还不上你的钱，而不好意思见你，你也不好意思给他打电话，因为你怕一打电话对方就以为你是催债呢，结果很好的朋友就几乎不来往了。

结果你苦笑着说，当初若不借钱给他，我们现在还是交往的很好的朋友呢。可是这话你也只能说说,因为当初那种情况,你能"见死不救"吗?

说来说去,这友谊的良好发展,关键还是在于借钱的一方,如若到日子你把钱还了,好朋友还不是如初吗!甚至还会因你的守信加重友谊的砝码,朋友会更看重你的为人,更珍惜你这个朋友。可活着不一定就能遇见什么,有一些时候,点儿确实是挺背的,明明十拿九稳地会赚钱,结果不但赔了自己的老底连借来的钱都搭进去了,人生就是这么不顺,怨谁呢?怎么才能翻身呢?啥时候才能翻身呢?咳,真是怪可怜的。遇到这种情况,那借出去的钱也就真的没法要了,还是自己想办法解决自己用钱的事情吧。

指着借钱的朋友痛快地还钱的想法最好是放弃,既然借给他了,就别老想着那钱是自己的钱了。下次再有亲朋好友借钱,就掂量着,把不影响自己吃喝拉撒睡的钱借给他,可能达不到他要借的数目,但是不至于说不借而得罪他,更不必在他还不上钱的时候,自己被动的困窘。这样借出去的钱你也不用和他约定还钱的日期,他能还就还,不能还就算了。这样的话,你们还是可以密切地交往,友谊可以万古长青。

期望如同花园一样美妙

这个挑剔的女人,她只喜欢简短美妙的句子。比如这些音乐一样的语言,他们叫它做散文诗,而她只道这是文字,或聚合或散开的词汇,她若不写下来,她怕她们会失落了。

那些虚无缥缈的,谁能够描绘出它的具状?

这些文字,多种多样的文字,为什么要造出这么多种的文字呢? 是因为种族之间有翻译吗?是谁告诉翻译这不同的语言其实都是在说明同一个问题?她莫名其妙地奇怪着这个问题。然后开始翻看圣经,圣经上说,上帝因人的野心无限膨胀而把人类的语言变乱,以此期望人们能谦逊下来,能认识到人的能量永远不可能超越造物的神。人类建造巴别塔的野心,终因语言不通而被迫中断。

世界的确是需要统一管理,时间走的那么好,日月运行的那么美妙,可总有人想干涉这些。

起初,上帝给人以期望,期望世界如同花园一样美妙。这个计划几乎完美无缺,唯有一点,当上帝把灵吹入泥人鼻孔的时候,人同时就具备了"神本身的期望"的本能。因此,无论上帝如何想让人类顺从他的意愿"过美好的生活",可人对未知的期望总是大于神的期望,总是打破神美好的意愿,就像无知的孩子根本体会不到父母的良苦用心。

人的思想同神给人预备的花园里的花朵一样多。他们对未知事物的好奇心让他们不断地破译花朵一样多的语言,然后兴奋地宣告他们的智慧,自以为是。

此刻,这里就有一枝自以为是的百合,在不停地用文字表达着这些莫名其妙的东西。

一个完美的睡眠日

实在是想一直隐居下去,在睡眠日的晚上,百合坐在这里敲出这些文字,似乎有些兴奋。

独自一个人,把银耳用生水浸泡,发开,然后把它们连同百合、莲子、红枣、葡萄干和红色的枸杞一起放在锅里,大火烧开,加上冰糖,把火调小,文火慢炖。然后,她就坐在这里敲字,等老公和孩子回来。

春天的气息一再地袭来,可她仍然没有出去跑步。说不上是懒惰的缘故还是借口清晨的空气状况不好,总之是一推再推。

前天已经九年没有任何音讯的老师突然找到她,让她平静之中难耐惊喜。老师的才华以及他当年愤世嫉俗的神态在她的心中永远不能抹灭。当初最先赞赏她文笔的除了曾经鼓励她的闫桂芬老师外,就属他给予她的最多,这是她终生不能忘却的。

今年的春季,喜讯连连。江北提出认宝贝做干女儿,征询同意后,暂时把认女仪式定在女儿的暑假。而他的老师又在电话里说,要在这个月末和他在吉林大学刚毕业的女儿来这里。他女儿是学新闻的,正在实习。不喜欢留在吉林,想到海边的城市发展。老师展转打听到她的电话,要她帮忙打听新闻对口单位的招聘办法。已经 52 岁的老师,不知他的容颜是否一如九年前的英俊呢? 生活总是有开始,有结束,有盼望,有回旋,有遗漏。

　　孩子回来了,老公也回来了,去吃已经煲好的汤。然后,她敲出:今天我要完美地结束今年的睡眠日。

总有那么些愿望

转眼就 5 月了,然后是 6 月,再然后今年的上半年就没了。一向不知岁月为何物的百合开始害怕起来。

小女就要是高中生了么? 怎么那就像自己昨天的日子? 看她天真烂漫的样子,就觉得当年的自己其实是很成熟的,一点都不像她。40 岁的自己和 17 岁的自己好像并没有太大的差别。而其实,一切都不一样了。血管开始变得脆弱,失去弹性;心脏工作了那么多年,有时候似乎也疲惫了;皮肤的张力开始回缩,如同饱满的气球开始撒气。唯一相像的倒是少年的单纯,而此刻的单纯又和那时的单纯是不同的,那个时候是欣欣然的好奇,而今天是经历了世事的变迁,饱涨,然后又沉静下来的。

一直努力着学习原谅,而我一直学的不够好。我仍然不能做到"别人打左脸,把右脸也给人打"。

一直在学习着如何教育小孩子,可是也总不得要领。一直在学习,却杂乱得很。40 岁,不敢奢望再活 40 年。然而内在却萌生出许多未竟的心愿,对此,同样的,我不敢说,我可以实现它们。

做商人的后裔

我总以为我是商人的后裔,而实际上我确实是商人的后裔。

商人后裔的生命力是顽强的,总是可以在巨石下生长出嫩叶枝桠来。

当年商被周灭了,留存下来的商人一下子什么都失去了,没有政治权利没有社会地位,也没有土地。遗民们没有任何生活来源,被人另眼相看。然而,我们聪明的祖先却于苦难里发现机会,做起了买卖。买卖这一行周朝的贵族们是不屑于做的,当时的庶民也只懂得种地,而货物流通又是社会所需要的。就这样,先民们凭借着自己的智慧和努力穿暖了衣,吃饱了饭。随着商人的货物不断流通,渐渐地这些货物就开始被人们称为"商品"了,这个行业被称为"商业"了,做这行的人也就被称为"商人"了。

奶奶在我出生时一看我是一足斤足两、哭声响亮的女孩,而且能生在新中国明媚的春天里就很高兴,虽然头生的孙女黑里透着红一看就不会是个白净漂亮的孩子,可生的倒也蛮舒展的,就满心欢喜地取名为"婵",因为是商人的后裔,我就借了祖宗的光,商国的婵,我理解的意思是长成一倾国倾城的美女,可其实俺奶奶的本意是想让俺成为一个大大方方的知性美女,证据是在俺记事儿时她不光教俺背"云想衣裳花想容,春风拂槛露华浓"这样美艳的句子,也教俺"一团茅草乱蓬蓬,蓦地烧天蓦地空"这样粗犷壮观的东西。可俺是一愚笨女子,总也成不了气候,倒是生性爱美,无论是良辰美景,还是帅哥佳人统统喜欢。

　　长大了既然没有土地,也没有适合我的工作,我就顺理成章地成了一个小商人,做了名副其实的商人的后裔。

这朵小花，有了故事

今儿早晨的气压有点儿低，天空灰蒙蒙的，为了避免大量地吸入脏空气，我们临时把跑步改成了散步。

黄海二路路旁的合欢树有的已经开满了花儿。路过她们的时候，我捡拾到一朵很清新的，粉粉嫩嫩的小绒绒，看了就让人欢喜。我就用双手故作姿态地把她呈献给老公，很谄媚地说：老公，送给你的。

他接了过去，说，这花儿长得像降落伞似的。说着就把花朵高高地扬起，扔了。（这不是明明地对我不在意吗？！）

我开始不愿意了，哼唧着说，你昨天送我的那朵小花儿我可是一直都珍惜地捧到家里，你却把我送你的花儿扔掉，这太不像话了（昨天早晨跑步的归途中，他采到一朵还没火柴头大的蓝色小花儿送给了我，现在想来，他那也是为了张扬他的发现而故意送给我的）。

　　我这么一唠叨,他就有点儿不好意思了,说,你看,这不到处都是吗？看我给你捡几朵更好的。可这些花朵好像故意为难他似的,地上一片一片的落红,就是没一朵完整无缺的。

　　他就开始抱着一棵合欢树使劲地摇晃,又落下一地,可惜,还是没有一朵像我捡到的那么水灵的。

　　他突然出其不意地离开搂抱着的树,转身,跑着回去把刚才丢掉的那朵花儿重新捡拾起来,气喘吁吁地跑回我的面前:老婆,给你。

　　我就笑着把它接到手里。说,明明是我送给你的,现在反而成了你给我的了,离奇。

　　快到家门口的时候,他看我依然珍惜地拿着花朵,就说,这朵小花,有了故事。

宝贝把自己弄感冒了

时间过的太快了，转眼我就成了青春美少女的妈，骄傲的同时也感慨万千，青春这么快就属于下一代了。

我们这些奔四奔五的人，虽说年龄一大把，可心里还以为自己是个青春美少女呢。其实，这么想也没什么不好的，因为即使老，我们也要优雅地一点点地变老嘛。

优雅地变老，除了开心还要宽心，除了宽心还要有一颗懂得读什么书，学什么习的心。就像我的宝贝女儿，今年18岁了，大热天的得了感冒。昨天中午她在电话里可怜兮兮地说：妈妈，我头沉重的厉害，鼻子不通气，还拉肚子。她不听妈妈的话，开了一晚上的空调，凉快是够凉的了，一大早他爸爸到她房间里去差点给冻出来，她不感冒谁感冒呢。她没上晚自习就蔫悄地自己回来了。

平时和她说保健她从不当回事儿的。这次因为难受，就老老实实地躺在床上，我边给她按摩疏通膀胱经，边和她聊天。

"宝贝，中国有多少年历史了？"

"上下五千年嘛。"看来她还挺自豪。

"嗯，中国是四大文明古国之一，对不？"

"对，而且是最棒的。"

"那你知道伟大的古中国是如何文明的吗？就是中医的力量。有多少年的文明就有多少年的中医。在中医的保驾护航下，强健的体魄，敏捷的思维造就了我们伟大的文明古国。"

"可你说的那些什么八卦象数，子午流注，阴阳五行的怎么听起来像迷信似的。和中医有什么关系？中医不就是吃中药吗？吃不好也吃不坏。有时候还耽误病情，早被鲁迅给批判掉了！"

"宝贝你说的不错，确实是有很多庸医害人，甚至害死人。但是你不能否定中国的历史是在中医的保驾护航下走过来的，是后人不思进取，不只不能推陈出新，反而抛弃了我们老祖宗的东西，只学了个皮毛就充当太医，中医在蠢小子们手里没落的同时，我们骄傲的文明的伟大的古中国也就悄悄地没落在滔滔的历史长河中了。至于你说那些八卦象数，子午流注，阴阳五行和中医的关系可密切去了。古语中说的'不知易不足以言太医''上工治未病'说的都是自然现象对我们人体的影响，人类生活在大自然中，自然要受到天地的约束。比如，现在的天虽然还很热，我们说这是夏天，但是从立秋那天起，实际上在节气上就已经是秋天了，秋天在五行上属金，金在八卦里属兑卦，在藏象上对应着肺，也就是说，这个季节该是养肺气的时候了。而你捂着被子吹空调就是损伤了肺气。"

"还有，因为现在的天还是很热，很多人还是喜欢吃西瓜来解暑，却不知道秋天的西瓜是天生的白虎汤，吃多了会造成脾胃虚寒、泄泻，这在李时珍的本草里都有记载。现在你知道你为什么泄肚子了吧？"

"嗯，我昨天晚上吃了大半个西瓜，爸爸回来又买了雪糕，我就忍不住又吃了一块雪糕。"

"是呀，寒气内外夹攻，里应外合，想不病倒你都难呀。所以妈妈要你平时少看那些污七八糟的青春小说,多少看点黄帝内经什么的,也知道如何不生病,生病了怎么去调理。现在很多人都过度地依赖医院医生,真是可怜了自己的身体啊。"

"妈妈,你帮我找本中医书,我看看吧。"

看青春小少女终于有了求知的欲望,我这个美女妈妈也开心起来,人一开心,就会调动身体的阳气,就会少老一点儿,就会漂亮一点儿,嗯,真是令人开心呢。

把熬好的红豆薏米杏仁汤给她喝了,临睡前又给她吃了藿香正气口服液,第二天一早,她果然就像没事儿似的,又活蹦乱跳的了。

为了能优雅健康地生活着,我多希望她能懂一些我们伟大文明古国的岐黄之术啊。

学会好好爱自己

女人啊,到了一定的年龄总是容易出现问题。所以,女人,你一定要学会好好爱自己。

首先,你一定要经济独立,那样到任何时候你都可以自由地做回你自己。其次,你要学会面对,学会包容,那样很多问题都能迎刃而解,而使你自己感受到智慧的快乐。

如果你还未婚,那么你一定要学会穿衣打扮,学会化干净简单的妆。青春的你尽可以神采飞扬,不需要格外地注意姿势。但是,你一定要文明,要有女孩子的样子。你要随时让自己美丽,因为你的王子随时都会来到。

假如你的性格像男孩子也很好,你不需要勉强改变自己,要知道有很多男人都不喜欢斤斤计较的小女人呢。只是,你千万不要太马虎,你要粗中有细。你要多关心爸爸妈妈,经常给他们撒撒娇儿,让他们感受到生女儿的幸福。

你要知道,你现在的青春是日后幸福的积蓄。青春只此一次,去了就永远地去了,所以你要尽可能地感受青春享受青春,不要让莫名的烦恼占据了它们,以至将来后悔虚度了年华。

如果你就要结婚了，那么，你一定要预先知道，你嫁的不只是你爱的那个人，你嫁给的是他的生活圈子。

你一定要知道，在没结婚之前，你是那个圈子里的贵宾，那个时候你不需要迎合他们中的任何一个，因为你只不过是他们的客人。可一旦你结婚了，那么，你立即就成为他们当中的一员了，他们从此不需要再对你客气。所以，如果结婚后你发现一切都变了，你一定要冷静地知道，其实什么也没有变，唯一变的就是你从圈子的外面走进了圈子的里面。

永远记住，不要妄想改变你的老公甚至改变这个圈子。前人"随遇而安"这话说得很正确，要想平安幸福，就需要你来适应这个圈子，而不是圈子适应你，这个你一定要清楚。

如果你已经结婚了，而且已经有了孩子。那么，除了要照顾好孩子外，

你一定要坚持锻炼身体，以保持健康和优雅的体形。

你一定要坚持做美容，以保持健康自信清爽的容颜。

你一定要学会养生，以保证排泄通畅，保持气血调和。

你一定要孝敬公婆，无论他们对与错你都不要和他们计较。

你一定要学会向老公撒娇，你要相信一个善解人意、心地善良、容貌清新可人的美女老婆，是足以让老公心甘情愿地为你做任何事情的。

另外，无论发生了什么，想大哭的时候一定要大声地哭出来，只是哭过之后一定要想办法救自己。你要永远记得，先自救，然后才会有他救。

如果你很幸福，那么恭喜你已经洞悉了幸福的秘密；如果你觉得比较不幸福，那么，从现在开始，就照我说的赌一把吧，看看你的生活会发生什么。

几招吃出美女来

愉快的心情是成为美女的必要条件之一,吃之美尤为重要,而享受自己动手的过程尤其美。

比如,在秋天里可以为自己为家人煮上一锅冰糖梨糯米粥,它可以补中益气,滋阴润肺,增强体质;冬季里可以煮点儿十谷粥,到超市里买了黑豆、黑木耳、核桃、芡实、花生、大枣、山药、燕麦、荞麦和小米一起来煮,吃了可以暖肾养血。

在春季里可以自己生绿豆芽、黄豆芽、花生芽来吃,既健康又没有化肥,不但可以帮助肝脏排除毒素,还可以补充微量元素,尤其是花生芽里含有大量的白藜芦醇,据说此中的含量是葡萄酒里含量的几十倍甚至上百倍,它能很好地抑制癌细胞、降低血脂、防治心血管疾病、抗氧化、延缓衰老。花生芽的生法和豆芽一样,找一个花盆,在花盆里垫上一个透水的小垫子,把挑拣好并泡好的花生放进去,盖上一块透水的小毛巾,然后把事先洗干净的小石块排在上面,每天早晚过一遍水,为了怕弄湿了地板,可以把过完水的花盆放在一个小塑料桶里,之所以要小塑料桶,是为了不让花盆坐在里面,防止芽芽烂掉。只是这个花生芽生起来时间比较长,要耐得住性子,一般需要 15 天左右,凉拌、炒肉吃都很好。

在夏季里的午饭中,胃热的人可以加上一道豆瓣酱蘸苦瓜,这样吃不会像炒和浇橘汁那么苦,苦瓜可以除邪热,解疲乏,清心聪耳明目,润泽肌肤,强身,使人精力旺盛,不易衰老。夏季的早晨吃小米粥尤其好,中医讲小米"和胃温中",认为小米味甘咸,有清热解渴、健胃除湿、和胃安眠的功效,内热的人及脾胃虚弱的人都适合食用。

别小瞧了鸡蛋,它是人类最好的营养来源之一,鸡蛋中含有优质蛋白质、维生素和多种人体需要的微量元素。每天最少吃一个鸡蛋可以帮助我们修复那些不正常老化的细胞,对增进神经系统的功能大有裨益。怕麻烦的美女可以一次煮出两天吃的蛋,放在冰箱里,第二天早晨剥了皮儿放在热粥里吃。

还可以做一道美容养颜的"酒酿蛋花"做早餐,这是我姨婆婆教给我的,我姨婆婆 70 岁了,聪明灵巧健康,生活得相当有智慧。要做"酒酿蛋花"得先到超市里买回"甜酒曲"来,一元一袋。然后把 3 斤左右的糯米洗好用水泡开,最好能泡上一天,然后把水滤出蒸熟,凉到不烫手的时候,把米饭盛到一个有盖的容器里,我是放到一个小不锈钢锅里的。用凉开水把酒曲化开,把其中的大概 90% 均匀地搅拌在糯米饭里,剩下的用米铲儿沾着,沿着容器与米饭之间的边儿上插抹一圈,然后把米饭压实,在米饭中间挖个井,在井的边缘和米饭上面都均匀地抹上酒曲,然后盖上盖儿,用毯子蒙住,温度保持在 30 度左右,只需一两天的时间就有透明的水和酒香味出来了,等米粒儿变软了,酒酿也就做好了。这时,要把做好的甜酒放进冰箱恒温里以防继续发酵变酸。我刚开始做的时候掌握不好,就经常吃酸酒酿呢。早晨把去了皮儿的姜切成碎末儿,用一点点水烧开,然后舀进一大勺甜酒酿,再烧开锅的时候就把搅拌好的一个鸡蛋打进去,关火,甜滋滋,香喷喷的"酒酿蛋花"就出锅了,每天早晨喝一碗,热乎乎的养颜又养胃,据说还有丰胸的效果呢。

还有一种东西是一年四季都应该吃的,那就是猪皮冻,猪皮冻可以补充胶原蛋白,稀释血液,它不但可以让皮肤富有弹性,也可以让血管富有弹性,能有效地预防血

做个幸福的人

压方面的问题。

其他还有什么大枣黄芪山楂水，干果什么的这是我们都知道的。经常看看古中医书对我们的养生是很有裨益的。

坚持就是胜利；知道怎么好而不去做等于不知道；你家里有好东西，你不吃等于你没有。做美容，锻炼身体，这都是延缓衰老的有效方法。

年轻时候的容颜是父母给的，我们选择不了，但是随着阅历的增长，真我会按照心灵给你修炼后的相貌。一个内心丰富、充满喜悦的人，她的相貌定然是美丽着的，而且这样的女人越老越漂亮。

做一个幸福的女人

我们每天的生活几乎千篇一律，对周围的一切已经熟视无睹，似乎很难发现美了，也很难再有激情。

我们都是平常人，我们将来都是要死的。但是，我们现在活着，既然活着，就得好好的，为家人，为朋友，为我们生而为人，为彼此的缘分，为一切遇见。遇见幸福，遇见困苦，甚至危险。然后让自己为偶尔的小智慧欢呼，为奇妙的生命献上赞美。

作为女子，长大后可以嫁人，也可以不嫁人。嫁人有嫁人的道理，不嫁人有不嫁人的理由，这个没有什么需要议论的。但是，我想对嫁人的女子说：想要幸福吗？想就别抱怨。不要老想着"彼此包容"，不要老想着凭什么我总包容他，而他不包容我。你要多想想恋爱时候的他为什么总是包容你？是不是你总是先想着怎么让他高兴？是不是你总是先把自己打扮得漂漂亮亮的，说话娇娇滴滴的，还经常给他来个突袭似的小浪漫？

作为一个女子，有很强的事业心没什么不好，但是，女子是娇艳的花朵儿，是需要倍加呵护的，否则你会做得很累。你不能祈求别人呵护你，你只能先自己爱自己，然后还要去爱他人，有老公的还要哄老公开心。

你也许会气哼哼地说，我天天照顾孩子，每天晚上都睡不好觉，公司还有那么多事儿，每天都要上班，哪儿还有心思去哄他开心？他怎么不哄哄我？

智慧的女子懂得顺毛驴的小技巧，也知道地球是圆的，所以她会顺着老公的性子牵制他，因为她知道不管怎么牵怎么绕，最终都会绕到她预先设计好的那个点上。而他老公还真的会乐颠颠地顺着他老婆的思路去走，心甘情愿地为老婆服务，哄老婆开心，分担老婆的辛苦。

生活得很幸福，往往也会觉得不快乐。这个时候千万别不在意，千万要爱自己，因为那往往不是因为你的脾气太差，而是你身体上的缘故，比如月经之前，比如身体比较疲乏的时候，或者是一些不在意的小病痛，还可能是小更年期等等。出现这些情况，我们往往会莫名其妙地烦躁，莫名其妙地委屈，别人关心嫌弃别人多事儿；别人不理自己，又嫌人家不关心自己。觉得自己生病了，就是死了，人家也不会在乎，自己就在那儿悲戚戚地怜惜自己。其实，这个时候真正能帮自己的，还真不是别人，只能是我们自己。当我们懂得了是我们身体上的一些特殊原因后，我们就要积极地有针对性地调理身体，这个时候中药的协助作用往往很明显，对症的中药只需那么轻轻一拨，就可以把身体纠结了的自愈功能给打开，经络一通，全身舒畅，身体舒畅了，人自然而然地也就舒服了。

老子说，虚其心，实其腹，弱其志，强其骨。平时，我们要老老实实地按照身体所需，多研究吃饭的问题，少琢磨"大事情"；好好琢磨着把身体强健起来，才有可能去做成其它事情。因为只有自己的身体好了，才有能力去爱其他的人，做其他的事儿。

作为一个寻常女子，我更愿意做一个小女人，每天幸福地收拾家务，打扮得漂漂亮亮的，说一些甜言蜜语，从心里爱着老公，爱着孩子，爱着家人。

不抱怨的生活很难，但是，换个位置去看同一个问题，就会产生同理心，然后就会很平和，就会很幸福。

第二辑：永远在一起

> 所有流浪的水都已经载满了花衣服，所有幸福都
> 忙着开门，所有的树木都在传诵，所有的生灵都已
> 经在喜悦里睡醒了。

春天

你看，所有流浪的水都已经载满了花衣服，所有的幸福都忙着开门，所有的树木都在传诵，所有的生灵都已经在喜悦里睡醒了。

莺蝶儿在你的怀中已经没有顾虑，山山水水因了你的花蕾都笑了，我也笑了。

我爱，此刻，我能邀你共舞吗？

我爱，今天实在是个好日子，在春天里我是如此喜悦呵。我要为春天颂歌，为你颂歌，为山庄最后的那片白桦林，为使者，为飞鸟，为响彻云间的机器的轰鸣声颂歌。

让我为你拂拭，让我为你吹响那搁置已久的风笛吧。

听，山林之中，总会有山风吹过。在山风轻拂的时刻，风笛响起，一切都变的那么馨蓝，白桦馨蓝、野花馨蓝、河水馨蓝。

我在馨蓝的琉璃上跳舞，我的白裙子散发出蓝丝绒般的微光，我的红舞鞋为你闪耀。

这是最后一天，热烈到极致，就要有新生了。

亲爱的，我们将拥有一个新的春天。我们要以春天的舞蹈告别我们的麋鹿、飞鸟、鳟鱼、花梨木和我们的白桦林。

"无限扩张的喜悦在春光里闪耀，水面上的，是你美妙的红舞鞋"。

千年后的今天

在那样古老的岁月里，在那样唯美的后花园，有着那样一个有着淡淡哀愁的女子，毫无预警地吸引了我。

漫天的飞花，清浅的流水，片片落红，飞扬的裙裾。你的华美是那么真实清晰。

清澈的箜篌无限地柔美，在远处的草堂，那个谦谦儒雅的男子，他在侧耳倾听，听那无迹而来的悠远的乐声，他就那样地悠悠地叹息。

千年后的今天，我毫无预警地走进你的后花园。不知再过千年之后，你是否也会沿着文字，走近我呢？

你还是吝啬你美丽的双足吗？

（一）

你在这里等什么呢,我美丽的姑娘？你有着什么样的哀愁,有着怎样的忧伤？

你这美丽又忧伤的姑娘啊，你可知道在那九座仙山的后面，有着一个美丽的仙境,在那仙境里的月下,有着一个吹箫人,那个吹箫人是在等待着一个美丽的姑娘呵,他吹出的乐曲引来百鸟应和,他悠远的深邃流淌着清澈的溪水。听,那轻柔的,美妙又寂寥的歌儿。美丽的姑娘,不要再哀愁,不要再忧伤,快快奔去他的身旁吧。

哦,美丽的姑娘,你还是在吝啬你美丽的双足吗？

他们就那样彼此期待,期待那不能到来的。就那么伴着星星伴着月亮,伴着晨露,伴着花开花谢,生出华发,生出无限惆怅。

（二）

窗外的合欢树,开满了深深浅浅的粉红,热烈的阳光,肆无忌惮地向知了求爱。

"知了啊,不要爱他吧,他的热烈不能被你承受。"

"知了啊,爱他吧,你的生命中早已注定他的存在。"

知了为难地说:"行走在合欢树下的人儿呀,你扰乱了我的心!"

（三）

特意来到的,不经意路过的,你们都是被祝福的。

我来告诉你们,这里曾经住着一个美丽的姑娘,现在她不在这里了,她把祝福撒满了这里的每一个角落后,就走远了。

刚来到的人,你是被祝福的,这里的祝福献给每一个特意来到的和不经意闯入的行人。

那看似温柔的,别了

弯月和巨大的星星,再见! 蒲公英和蜻蜓,再见! 窈窕的女儿和萤火虫,再见!

我走了,我就要去城里了,城里的月光蔚蓝,城里的灯光呵,是多么温暖!

我来了,人间的城市。

人间流浪的狗儿,目光是如此温柔。我的飞翔快乐轻巧。

我认出那是你的窗,我悄悄地飞来,落下。我落在你的窗前,你的檐下,我把我小小的光环悄悄收拢,温柔地注目你室内无比柔和的光。

我不能停止我的微微颤栗呵,你的檐太过光滑,不能让我立足。

我飞起又飞落,飞离又飞来,而你并不知道这一切。

这株红叶子的树木呵,他将是我今夜的伴侣。坐在此处,我思想你温暖的屋。

你回吧,我亲爱的月光,你的追随,对你没有任何益处;荻花,请你不要再让我如此怜惜吧,今夜的我已经不知何去何从了。

我重新整理好羽翅，再次飞起。

这座城池，对于我来说实在是太大太大了，我只能飞在它的缝隙间呵，我只能很小心很小心地飞，不安地飞，疲惫地飞。

你的灯光是那么柔软，离我是那么近，又那么远。

没有谁能告诉我，我该以何种形式与你握手，我不知道这个呵。我只能不停地飞，飞，飞到你屋的东，飞到你屋的西，飞在高高高高的楼的缝隙里。

接骨木，薰衣草，风信子，一瞬间，它们被我纷纷想起。我忽然很难过了。

我坐在红叶子的枝桠上，坐在此处，想你。

就这样吧，我走了。我调整我的羽翅，我将回属于我的地。我的月亮，我的铃兰，我的气息，我要回去了。

别了，城里的灯光，别了，那看似温柔的。别了。

多年后,我依然会叫出你的名字

有一点点害羞,是真的。请不要笑话我。

说真的,我为我自己的小气感到害羞。太小家子气了!怎么可以这样忧伤,这样难过呢,竟然还把这种情绪传染给了爱我的朋友,真是大大的不该。

我忧伤是我不够大度,我难过是我不够宽容,请原谅我的小气吧。

我一直崇尚人与自然和谐相融,一直向往怡然优哉的世外桃源,一直喜欢笑容,喜欢豁达,喜欢诗意,喜欢文字,喜欢读书,喜欢有个知己。可是,每个人都很忙,没有人会在你有时间的时候,恰好也好有时间来和你谈论这些,而且说白了,这还不够酸的。

最近心情不大好。从打西双版纳回来之后就一直不好。外界的一些环境给了我不好的影响,我原本以为,我去那里可以见到一些很原生态很美好的事物,可是所到之处,无一不被现代文明所污染。

回来之后，你又要离开，这让我立刻知道，想象中的世外桃源，从来就不曾存在过，我因而极度的失落。江北的心比较细，他发现我有问题，我就和他说了，其实也只是说了一部分而已，我并不想把自己很糟糕的情绪传递给他，可毕竟还是传染给他了，这真令人难过。忧伤的情绪就像迅疾的瘴气一样，迅速弥漫，害得周围的人都感染了，而我是恶的源头，真的很对不起。

虽然你决定走了，可我还是希望能常常见到你，就像常常看见徒步或者打马而过的旅人。是这样的，桃花开了，你打此路过，你看见了我，我也看见了你，我们相视而笑。

你走了，但是我希望：当你疲倦了，当你年纪大了，当你觉得比较无聊的时候，你就再回来看看，我依然会在这里，等你。我会微笑着招呼你，我想那时候的你一定会记得我，那时，我依然会叫出你的名字。

当你老了

我常常微笑着想,当你老了,你也许会背着双手,站在金色的斜阳里,你的银发会闪闪地发着光,昭告世人岁月年华。你会弯下腰,仔细地端详门后的一朵或者几朵的小花儿,然后长长地叹息,那一声叹息,似乎是释放出了积压在胸中的一生浮华。

我常常微笑着想,当你老了,你也许会拄着一支原木的木棍,站在薄薄的晨雾里,缓慢地扭转着有着花白发丝的头,追寻喜鹊那沙哑欢快的歌声;你也许会眯着老花眼,仰起头,看天,看浮云一点点地飘过,想,这多像人生呵,缓慢但总会飘过。

我常常微笑着想,当你老了,你也许还会记得我们曾经的戏言。你曾说,当我们老了,我们就做个邻居;我说,等我们老了,我们就一起下棋。

那个时候,我不期望能每天被你想起,只期望我的名字你的微笑,能偶尔爬上你的假牙。

我还好啦

我还好啦，我只是有点儿干渴，我的边缘有点蜷曲而已，可就在前几天，我看见我的朋友，唉，那个时候，风怕热，都藏匿了。我的朋友，海棠的叶子在浪热里焦枯地落下，直直地跌到树的根部，它笑着，轻轻地说，再见了，我未见的果实。

我还好啦，我清楚地记得更为伤痛的事情，那是春日里的一场霜冻，霜冻只冻坏了我的部分脉络，而我的左邻，那个甜美的女娃子，她和她的叶子一起，被永久地冻结。她的笑靥，她蓬勃的生命就永久地冻结在了我的心里。

我还好啦，我在，可他们都走了。那些青葱般的，那些茁壮的生命，都走了。那场冰雹，让我哭了无数次，想想，就哭。秃秃的藤蔓，干枯的枝条，满目疮痍，而我残缺着，独活。那段时日，我常常沉迷于过往的葱茏里，在泪眼中不能自拔。

我还好啦，我幸运地看见，一些绿色不断地生长出来，它们喜悦的笑声不断，它们常常好奇地问起我的残缺，唉，可我无论怎么讲，它们永远都不懂。

我还好啦,这样五彩缤纷的世界,被我看到,鸳鸯成对,流水浑浊又清澈,露珠晶莹,彩云形成又消散。这些我都见过啦。

我还好啦,我是叶子,是叶子总归是要飘零的啦。

轻雾花朵样的初恋

最初的爱恋就像最初读到的爱情诗,经年后依然能感觉到初读时的美。

最初的爱又如同搅和着青草味道的晨雾,薄薄透透地围拢,似乎春风里袅袅的燕雀和婀娜着的柳。

初爱的气息就是那样柔柔地,馨香着恋着呼吸,直深入到生命的每一个细胞。

最初的爱恋常常是一个人的秘密。它常常像一颗等待发芽的莲子,因为不能被种下,所以不会开出美丽的花儿。

他知不知道呢,他就是当年那个女孩的那颗莲子。知道不知道又有什么关系呢,只因为那是专属于一个人的秘密。

那秘密是一缕轻雾样的、永恒的香氛。她把它藏在自己的后花园,让它与心灵相伴,与天地相知。

多年后的一天,她来到湖边,临水而坐。水面上,她看见青盖亭亭的莲,就想,这曾是她的爱情。这样的爱，会美妙地持续一生。

你能看见吗？她初时的恋如同初开的莲，那莲的美曾是她娇羞的脸，她就是那微风里轻灵的舞者呵。

如今经年已过，往日的每一个舞姿，每一个笑意都已羽化为她生命里深深的感激。

幸福成一河桂子

是一直对眼泪情有独钟么？那个纯粹的女人，她那么爱哭呢。为了细小的桂花哭泣，为了悠远悠远的关爱哭泣。那细小的桂花很美，她哭的样子很美。

她迷离了一整天，时光仿若消逝。爱情从不曾远离呵，她的幸福在流淌。

细小的桂花如此美丽，"真美"，第一次，她这样说。

时空转换如此容易，在她这里，轻易地，八百里香气就袅袅成河了。随着快递寄来的细小桂花，她的幸福成了一河桂子。

走过乱花飞舞

（一）

你说，你曾见过我。你说，你曾看见我走过斜阳，走过乱花飞舞的样子。你说，那是你心中永远的风景。

你说，你一直记得阳光里，我闪动着光芒的发辫，我绿色的长裙，我无尘的神态，就那样生生地淹没了你的眼睛。

你说，你真想让时间就此停住，就那样静静地看着我，一切都不要改变。可是，我却瞬间走过了。

（二）

漫天的叶子飞舞着，绿色即将消失殆尽了。

这一切一如我尘封了很久的记忆，曾经的夕阳，曾经的发辫，曾经的青春年华。

在这个秋色里,我看见一个紫衫女子,她有着无花的发髻。她轻轻柔柔地走来,安逸地踏过层层叠叠的落叶,远去。

我爱,你可知我此刻的伤感? 你可了解我的心事?

我的愁绪一再涌上心头。

（三）

秋风已起,在一片即将消失的老绿中,我发现了一株新蕊。

看着她欣欣然的娇嫩模样,让我相信,她一定是误以老绿为新春,却不知,她早已错过了两个花期。

错了,错了,你一来就错了。

你的采摘

你插入瓶中的百合,再也不能极致地伸展她的亭亭。清幽的香气搀杂了尘世的气息,忧伤布满了花枝,清雅的花瓣日渐消瘦枯萎。

你回想起当初遇见她的模样,那时山谷清风,天高云白,她无暇的美,她亭亭而歌,她自由欢畅。而如今,你再也不能把她还回山谷。

花朵的真生命

所有的人都将消逝！话这么一说出来，立刻就感觉耸人听闻，然而事实确乎如此。

谁都不可能永远地活着。然而最可悲的似乎是还没有品尝到人生乐趣就夭折的人，可偏偏有人说他们才是最幸福的，因为他们不用经历人生的苦难。

最最让人感到可惜的是，学了几十年，正当华年而去的人。他们如若是花儿多好呢，花儿败了，就可以结出果实，果实被种下就可以长出新的生命。可他们是人，他们还没等结出果子，就意外地败落了。

最最让人难过的是邻家有儿初长成，就在要结婚成家的前夕，却突然与死神相遇。我为他的离去难过极了，为他的父母难过，为他的老祖母难过，为他亲爱的她，难过。对于不死，我们谁都做不了主。

多么希望人是花儿呀，花儿败了，结出果实，果实被种下，长出新的生命。

多想做朵儿花呀，只是，若要做花儿，就要寻到花农，寻到后，请他把自己种下。

做个幸福的人

寻一个世外桃花源

如果生活的能更单纯一些,是否会青春永驻呢?显然不会。但是,生活的很单纯,一定会是,慢慢地变老,不会一下子就憔悴得老掉。

为了慢一些变老,她就一直很单纯地生活着,能多单纯就多单纯。她不懂得许多的人情世故,她只是本能地爱着人们,爱着生活。初时,她会因为被欺骗受伤,哭;她会为无端的事情受伤,哭;她会为付出的爱换回的无情,哭。然后,她就不哭了,她依然傻傻地爱,傻傻地生活。

有时候她会很想寻一个世外桃花源,芳草鲜美,落英缤纷,黄发垂髫,怡然自乐。然而想想,只要有人,就会有事儿。只要有事儿,就会有纷争。只要有纷争,就不会单纯。那么,除非那是一个彼此相爱之人的桃花源。可如果每一个人都能彼此相爱,那又何必去寻?此身所在之地不也就是桃花源了么?是的,这世界原本就是一个圆呵,谁让地球是圆的呢。

既然我们都生活在圆里,那么生活着的每一个人都注定逃不脱地球这个大圆。而我们的生活只能是大圆里的一个又一个相离又相和的彼此圆。

　　无论你是离开还是逃避,无论你怎么走怎么绕,走来走去仍是起点。只是此圆非彼圆,此时的她也非彼时的她了。

听从她的声音就好了

"如何才能与自然浑然一体",这个问题一直困扰着我,走进丛林,我臆想与松鼠为邻的情形;步入深山,我臆想与狍子为伍的日子;游进大海,我臆想沉入真水的感觉。

内心为什么一直会有这样的渴望?我百思不得其解。其实,他早已很清楚地告诉我了,可我还是不断地去想,不断地想得头疼。夏娃受了蛇的诱惑,偷吃了善恶树上的果子,眼睛就亮了,知道了羞耻,分辨了物我,从此与物分离,人开始有了自我,死亡开始临到了生命。人再也没有之前全然无虑的日子。

人凭着自己的欲念做事情,凭着先人约定的善恶标准做事情。后人凭着前人的经验,后来的日子凭着丢失的那些日子的经验,这经验,是何等宝贵的"真理"呢。可即便有着数不尽的教诲与经验,我还是不断地做错事情。不知可有谁知道,有什么人是一直在做对的事情?我的年龄太小,我尚没有听说过有这种人。

我多么向往原生态呢,可当"我"与大自然真正浑然一体之时,要么是已经死亡,要么就是非人类了,否则也必然会被讥讽为傻子,最后也只能沦落为疯子吧。不幸而为人,定然是要过人类生活的,用人类的眼睛看事物,用人类的"自我"思考,这都是没法子的事情。

　　"渴望回归",看当前的形势,我暂时是回不去了。也只能是在闲暇的时候,去亲近一下她,轻轻地触摸她,如果她肯爱我,送我什么,我就感谢她,如果她不喜欢被我打扰,那我就不去打扰她,只听从她的声音就好了。

爱在今天

我们走快走慢，反正也赶不上地老天荒，索性就让我们慢慢地走吧，慢慢地欣赏这一路的风景。

我爱，我不想在我还没来得及好好爱你的时候突然离开，所以就让我们慢慢地走吧，让我们充分地享受手牵手的幸福。

我爱，我是怕我掌握不了你的思维。我知道，你爱我，可我还是怕。你看着我的眼睛说，要相信我们的爱情。

我爱，我信。只是因为我爱你，爱你的心足够让我胡思乱想了。

我爱，我掌握不了明天，就让我们充分的爱在今天吧。你看，这绿色的山谷，这清爽的天气是多么洗涤心灵啊。

此刻，我们多像两条自由自在的，在空中飞翔的鱼。

飘飞或者飞升都是美好的

你看,那众多的喜鹊飞过,在蓝天白云宽广的北京路上空飞过。它们仿佛乌鸦。它们的嗓音沙哑。它们是多么喜庆的鸟类啊!

你看,那众多的海鸟飞过,在蓝天白云苍茫的大海上飞过。你知道海鸥飞翔的姿势有多美妙吗? 此时,就是最美。

你看,王子和公主从海的北岸亲昵着走来,他们巧笑着直到南岸,在他们走着的时候,海鸟和白帆装点着他们的幸福。

喜乐充满着桅杆。众人齐声欢呼赞美。作为观者,我心富足,我豪情满怀地把海浪叠好,塞进我长长的诗篇。

玫瑰花儿开了,玫瑰花儿开了,玫瑰热烈地与诗人对饮。玫瑰让早嫁的姐妹紧紧地抱住爱情。

你知道海鸥飞翔的姿势有多美妙吗? 你看,王子和美丽的公主正在温润的沙上练习着永恒。

坐在晌午光线的浮尘里

她的脸上挂满了泪珠,她坐在那里,坐在晌午光线的浮尘里,坐在午后秃秃的枝桠里,坐在黄昏老鸦的低语里。

她就那样坐着,脸上挂满了泪珠,她坐在那里。她头脑里说,这里有三个"我"一字排开,一个我是物体的我,一个我是灵魂的我,一个我是此时的我。

她一天没说话,两天没说话,三天没说话。

"这是一具躯壳,她的灵魂已经七零八碎了。"

"越是自我,越没有自我"。她们彼此议论着。

窈窕女神巧笑倩兮,她翻手为云,覆手为雨,洒下甘露,使她的泪水更为滂沱,悲伤倾泻而出。

然后她的睫毛轻轻地动了一下。听见有声音说,要有光,于是就有了光。

她轻启朱唇,说,我爱你。于是月亮的清辉就柔和起来,她张开双手,双手长出百合,她欣喜地环抱,环抱之处,开出大片大片的玫瑰。

行走在你的家乡

那天的雨水早已经停止了,冰冷的冬天时刻蚕食着我。我只能不停地运动,以防思维停滞。

虚幻的感觉与每天面对的事物毫无冲突。就这么生活着。偶而看见你的眼睛,竟也是那么坦然。

坦然,这是多么平原的一种境界呢。没有丝毫的起伏,也就不会有诗句产生了。

生活在这里,我的异乡,你的家乡。我踩踏在你的土地之上,分明的,我是个入侵者。可是,我却在这里寻找家的感觉,这是多么不切合实际的想法啊。

在你的土地上,我坦然行走,或者面无表情,或者面带微笑。我认识众多人的面孔,却不认得一个人的心思。

我总是以我的思想去揣度他人的思想,因而失败的总是我。对于你,我同样如此。

我盲目地来,是因为这里美丽,这里的单纯很符合我的心思。这里的纯净如同藏匿的蓝天湖水，安静的如同我喜欢的秋天。

遇见你，是必然的偶然。

遇见你，就破坏了一池安然的湖水。

遇见你，天鹅就开始翩翩起舞了。

遇见你，蓝天就有了流云。

一切都变化了。

"这些诗歌可以用来取暖么？如果可以燃烧的话。"

你说，不能。我楞了一下，随即释然。

这就是了，我只是一个入侵者啊。只是，它们看着我可爱，暂时接受了我，接受我暂时在这里居住，我明确地感受到了它们的善良。

我瑟缩着铺着这些纸张，继续书写，我喜欢看它们被书写的样子，这个样子，就像我行走在你的家乡。

我爱，我怎么总也寻不见你？

我爱，你可知道，我曾在盈盈的满月下，寻你。为寻你，我徒劳地燃起一盏又一盏橘灯；为寻你，我曾在迷失的云里，徒劳地请风儿捎去我海潮般的思念。

我爱，你可知道，在离别太久之后，我曾用风沙做笔，在岁月斑驳的河床上，深深地刻下你的名字，然后，把它装饰为珠宝，镶嵌在我的额头之上，以便让我在鸾镜里，可以从容地追忆那些似水年华！

三色堇依然在热烈地开放，依然在无奈的愁绪中凋零，野蔷薇已经长满了娇艳欲滴的红色果实。只是你，我的爱，我怎么总也寻不见你？

有什么能让我安静

有什么能让我安静？让我安静的如同深渊里的静水？想想那些时日的刻蚀，在岁月的褶皱深处，又包容了多少？

平和如同明镜，可内心深处暗流如涌。你看见了么？我的悲哀深藏不露！

可我多想有你的分担呢，然而，我不能说，我不能说呵。我只让它们暗暗地积聚，积聚，不断地积聚。并且，我已经在你我之间筑起了高高的堤坝，让那暗流即使在迅疾涌动的时刻，也只能暗自叹息。

我的堤坝就筑在那深深的深渊里呵，那深渊水面的明镜是我掩饰的面容。

我爱，在这里，你可曾看出些什么？青山的倒影，潭边的小花，无忧无虑的鱼儿。是了，我爱，你只需要，只需要心旷神怡，就好。

等候

我爱,我愿用我的一生,等你。等在每天的这个时刻。

我爱,请在每天的这个时刻,让我来到你的面前,感受你。感受你温暖的怀抱,等待你让我安静。

在你里面,我总是泪流满面;在你里面,我总有世界以外的感动,它是出乎意料的温暖和安宁。这安宁,除了你,没有谁能给我。

在每天的这个时刻,我等候,等候你无限宽广的胸怀。

你来了,我能呼吸到你独有的暖暖的平安。

我的心哪,此刻你当默默无声,专等候,属于你的爱情。

把我的眼泪装进你的皮袋里

亲爱的,谢谢你把我的眼泪装进你的皮袋里,从此给我喜乐。

我几次的哭泣你都在场,我只在你面前哭。因为只有你能安慰我,只有你能改变我。

我怎么会在他们面前哭呢? 他们只会说三道四,只会重视他们自己的利益。貌似慈善,然而究竟有哪个是真正慈善的呢?

我心中有大苦难,他们不能理解我,也不能安慰我,哭诉给他们的,徒增了他们的笑料,安慰我的话反而更苦。

哦,亲爱的,只有你默然不作声,只拿你悲悯的眼神看顾我,理解我的内心,安慰我的心灵。

哦,亲爱的,请把这眼泪都收走吧,都装进你那永远不满的皮袋里。把这痛苦统统都拿走吧,让我轻松。

哦,感谢你,在你默默的注视下,我满心欢喜。

请帮这朵百合纯粹

曾经在春分初次月圆的礼拜日,我与你一同复活。

从那个礼拜起,我开始满怀虔诚地热爱着生命,满心喜乐地热爱着这些小鸡、小兔子、麋鹿、绿草地以及鲜花儿。

我满心欢喜地看着它们在草地上,在丛林间,在野花丛里欢畅地跳舞,喜乐。

那天,我慎重地把自己命名为百合,我以为,这样我就可以重生了。

那个日子是在春天。

在那个春天,那些篝火熊熊燃烧,那些瀑布倾泻不已,那些生命生生不息。

今天,又是复活日。请让篝火燃得再旺些吧,请让那些流动的水更亲切些吧,请让我更加接近洁净吧。请帮助我,帮我洁净我的心!

请让光照进来,请照亮我的额头,照亮我混沌的心!——请帮助这朵百合纯粹吧!

我不但需要因你而喜乐,更要献上我无限的赞美,赞美你至善至美的无穷力量,赞美你赋予我新生。

这是多么美好的结局

我曾经在你来来回回经过的路旁,开满了细细碎碎的小花儿,我曾是多么想引起你的注意呵,然而我却是那样小心地把自己隐藏,不让你知道,我是在为你开放。

我就是那么矛盾的一树花儿呀,矛盾纠结在每一朵开放着的花儿的心里。

今天,细小的花朵终于零落成泥了,我终于可以心平气和地与你席地而坐,愉快地交谈。我轻笑着告诉你,我曾经是你身后的那一树小花儿。你回头看看,说,我经常走过这里,我经常故意让花朵飘落在我的车上,载它们一起回家。

今天,我是你的朋友,这是多么美好的结局。友谊万岁,让我们为此干杯!

我们永远在一起

我明明知道，有一天，你会离开我，开始你自己的生活，是的，当然会有那么一天。但是，我知道，我们会永远在一起。

因为你会时常想起我，你会想我专为你而做的可乐鸡翅，你会给我打电话，说想我。你会给发我信息，你甚至会给我一个小小的生命让我重新开始。

你会在经过花店的时候想起我最喜欢的花儿；你会在经过的路口，看见我们在春天里共同数过的开满白玉兰的那些树，那时，你一定会想起我。

我想，在你老年的某个日子里，你一定会想起你曾经买给我的印度咖喱，那个时候，你一定会亲自下厨做一道咖喱牛肉饭，然后坐在餐桌前慢慢地想我。

我爱，我知道，有一天，我会离开你，当然会有这么一天。但是，我知道，我们会永远在一起。

因为你会时常想起我。只是，你知不知道我已经为你积存了多少的祝福呢，我早已经偷偷地把它们放在你的心田里了，每当你想我的时候，它们就会在你的心里开出无数的祝福。每当你想起我的时候，你就会因那些花朵儿而更加清澈，美丽。

　　我爱，我们永远都会在一起，这一点，毋庸置疑。

百合的墓志铭

> "每天都是一生
>
> 我在过这样的日子
>
> 走过今天我就靠永恒更近一点"

百合最近在看毕淑敏的《我敬畏生命的过程》，里面有个游戏，要求准备一张纸，然后画一条横线，直不直没有关系，然后在起点写上 0，那是你的出生，在终点写上你想活的年龄，不要考虑你家族的遗传，只凭自己的心意。然后找到你现在年龄的坐标。想一下在今天以前的日子最值得你自豪的事情有哪些，然后在今天以后直到生命终结你准备做些什么。最后再为自己写一个墓志铭。

百合很听话地找来一张白纸，在白纸上规规矩矩地画上了直线，然后庄重地写上85 岁，然后在直线上找到了她现在所在的位置。她看着直线的前半部分，感觉最当引以自豪的应该是自己赢取了一个幸福的家。而后面呢,她发现她写上了:写作、读书、游玩、画画、弹琴、唱歌。写完后她怔了怔,发现自己目前正在全力去做的并没有被写在直线上,于是就开始怀疑起自己来。准备做的是自己喜欢的,可是喜欢的是否真的可以依自己的心愿去做呢?心是自由的,行动却永远是心的矮子。她觉得有些悲凉,凄惨地觉得自己到了应该为自己的自由付出一些努力的时候了。只是该如何去做呢?她并没有确切的措施,只是计划几年之后一定要实现那些梦想。想到这里,她就听话地开始写起自己的墓志铭来,不过,这个墓志铭是考虑了好几个小时之后才写下的:

这个美丽着死去的女子

她曾隐在深深的深渊深处

后来

她编了个花篮,兔出水面

然后她采了芳芷汀兰

然后她看了看她的挎篮,安静地说

以马内利

第三辑：六月的单纯

> 我要让溪水唱着青翠的歌声欢快地流淌过我芬芳的土地，我要让我的闲暇在美好的黄昏里吹奏起曼妙的长笛。

上帝创造的第六个人

"你是上帝创造的第六个人，上帝用平原上的花草创造了你。因此你有一个很恬静的性格，更多的时候喜欢一个人静静地呆着，独自想着自己的心事。心思细腻、敏感，对周围环境有敏锐的洞察力。稍稍有些风吹草动，往往你是第一个发觉的人。"

这是一个测试结果。

她就是那个用平原上的花草创造出来的人。

她临窗而坐，想象着幸福。

她不喜欢再去工作了，或者说不想再去为了钱而拼命了。然而她的心还是经常地在赚钱与不赚钱之间挣扎。她确实不敢确定有多少钱够自己以后生活的，很不确定。可她确实不想去努力了。就这样，静静地生活，大概不需要花多少钱吧。

半生的时间已经过去了，这和她女孩子样的心理有多大的差距呢，她不敢去想了。

人的一生有多少年纪可以活？自己为谁而生？为谁而死？又为谁而活？死后究竟

会有些什么呢?

想一下穹苍,更觉得生命的短暂与渺小。朋友张女之死,邻家阳光男孩突然车祸身亡,哦,生命是多么无常! 转眼的日子,熟悉的鲜活的生命就再也不存在了。

消失的生命带走了什么,留下的又是谁的悲伤?

自己也许真的就是上帝用平原花草创造出的人,她这样想。她只愿意这样,默默地想着心事,似一株安静的草本植物,敏感又伤感。

而自己又多么希望自己是一株植物啊,不需要拼命地努力,可以反复地活,死了来年再生,仍是鲜活的模样。

何日花开，做个蝴蝶

默默地改变，他人并不知道，也不需要他人知道。

内心更新而变化，一日一日地增加喜悦，这喜悦微小到连自己都察觉不出，甚至会痛苦，以为这样就会永远地埋葬剩下的时日。

当年庄周梦蝶，是想自由地飞吗？或许是，也或许不是。

而我想着蝶变是因为丑陋，因为肚腹太大，不是诗文全是丝；没有一颗玲珑心，不能轻盈地看世界。

这是她的宿命吗？

眼泪化作桑叶上的一滴露水，露水里有阳光璀璨的影子。她扭动了一下蠢蠢的身躯，想找个合适的叶片把自己藏起。她用心地找啊找，终于能找到了一片那样的叶子，她就开始努力地把占据自己全部心事的丝缓缓吐出，一点一点地缠绕着自己，紧紧地，紧紧地缠绕，缠得是那样紧，那样痛。

她在痛苦里盼望着。

她想，她终于可以完全地隐藏自己了，终于可以不再苟且，终于可以不再让他看见自己的丑陋模样。

她终于在一个孤独的黎明，如同一颗饱满的籽粒，被自己深深地埋葬。在黑暗里，她默默地死亡。

这是我吗？如此轻盈。

这是我吗？如此曼妙。

她动动翅膀，轻巧地穿过阳光斑驳的林间。林间的草地上开满了细碎的野花儿，野花丛里，有小溪在欢乐地歌唱，有蜻蜓盈盈于水上。可精灵般美丽的蝴蝶是谁呢？会是我吗？抑或是庄周梦蝶？然而，我非庄周，庄周也不是我。

她飞回桑林，欲寻先前的那棵树，那个叶片，那个自己，然而，物是人非，再也没有从前。

她轻轻地震动翅膀，轻盈地飞起，那一颗玲珑心，随意去，随意留。

生命的种子

你发现了没有,当把一颗圆的或者别的什么形状的种子种下,过一段时间,她会变成一个小小的,鲜活的,盈盈的生命出现在你的面前?

我不知道在黑暗中她曾经经历了怎样的痛苦和喜悦,也不知道她是否惧怕过无边的沉重和黑暗,我只惊喜于她竟能以自己的微小力量脱去原来的形状,以另一种生命姿势站出来,活生生地展现在我的面前。

我是多么喜悦呀,我不知道该如何庆祝她的新生,唯有内心不断地涌现出喜悦,我的眼目欢快地流露出爱,我沉重的心被她变得无比柔软。

这是一个新生命!这是需要倍加呵护的!因为我知道她经历过怎样刻骨铭心的分离,经历过怎样的努力和顽强才从旧生命力里生长出来。

我在这里絮絮叨叨无非是想表达我的钦佩和赞美。一颗小小的种子经历过黑暗后变得生机勃勃,而我呢,我只爱光明,我惧怕和讨厌任何黑暗,哪怕只有一点黑的临在，我也要想方设法即刻逃离。因此，人这个生命从亘古到如今也不曾改变过他最初的相貌，他从来都是直到完全朽坏才不得不被种进黑暗，然而一切都为时晚矣，朽烂的种子如何能再生呢，他是彻底地消亡了，从此再无生命给他活。

因此，在你还存活的时候，也就是在你还没有完全朽掉的时候，如果有人肯把你种进黑暗里，你就大大地有福了。

这个世界是两个人的

"这个世界是两个人的,三个人就没真诚了"。这是出自电视剧《人生正道是沧桑》里的一句话,杨立青的。

这个世界是两个人的,没错。两个人可以互相协作,可以推心置腹,尤其是一男一女最好,那样还可以繁衍后代,创造新生世界。

当初的伊甸园,只有亚当和夏娃两个人,那个时候的世界是完美无暇的。天和地,人和万物都是和谐圆融的,但第三者——蛇参与了进来,天就刮起了风,地就开始长出了荆棘和蒺藜,世界的和谐从此就被破坏掉了。

真诚的两个人是彼此真诚的,一旦有第三个人进来,两人中总会有一个最先被引诱,使平衡的世界开始倾斜。

而在和谐的男女二人开始繁衍后代,企图创造一个幸福和谐的美好家园时,大地上的人类就从两个人生下的第三个人开始,渐渐地增多,人多了,日光下的嫉妒和罪恶就渐渐地多了，不真诚就在多人里显现了。

　　实际上，最初的美好从世界被创造的那天起，就已经缺失了平衡。人类和谐的天平从亘古到今天，始终在摇摆不停。

如果另一种苦难来临

曾经有那么一个国家,曾经有那么一个时代,那个时代里的画家所做的画,诗人所作的诗都必须要遵循一种规矩,不能逾越,谁逾越了就以犯罪论处。

这多让人郁闷哪,你可以想像他们那时的状况。他们的内心是多么渴望自由,渴望能饱含激情地去发挥去创作,渴望能像世界上其他的画家和诗人一样自由。然而,他们不被允许。这对于灵魂无限自由的他们来说,无疑是一种巨大的苦难。他们痛苦。他们把眉头紧锁。他们只能偷偷地在"不允许"里藏进自己的思想,那些思想们小心地躲避,偷偷地探出头又立刻缩回去,担心自己被看出来。他们是多么无奈呀。

后来,这个国家的这个时代终于瓦解了。他们自由了,他们终于可以任意地书、任意地写、任意地画了。他们是多么兴奋啊!他们是如此自由。

从此,他们再也没有羁绊,从此,他们再也无需躲避。

然而,他们却流于平庸。

他们的自由之作和世界上数以万计的诗人、画家一样，再也没有什么分别。

他们毫无特点。他们再也不能突破那个时代，再也不能突破那些被表现出来的"被压抑的自由"。啊，那些作品，他们再也突破不了。

时空弯曲，让我们相遇

韩松落的《和你在一起》里有一个故事，说的是朋友爸爸妈妈小时候的一段经历，说那是一个冬天，他们生活在相隔几千里的两个省，同样遇到了一场大雪，当时他们一个十三岁，一个十二岁，同龄的同学们都借故不去上学，他们却都在雪地里跋涉了十几里地，去村子里的学校上课。雪下了十几天，他们却从没缺课。他们此后能在大学校园里相遇相爱并且相伴终生，大概是因为某些相同的信息让他们彼此靠近，直至遇见。

在爱因斯坦的相对论中，时间和空间是相统一的，由于引力场的作用，时空真的会被弯曲。这就有理论支持，在茫茫的太空里，总会有类似的自己存在，彼此吸引，直至相遇。

因为这个，我常常会想：有些人总是不能相遇，是不是因为他们彼此的引力场太小了，使一个人和另一个人总是在不同的时空轨迹里错过？他们能互相感知，却没有足够的能量让时空弯曲。

你和我彼此认识是因为你的某个气息和我的某个气息恰好吻合，我们的能量彼此相吸，终于有一天，看似两个毫不相干的陌生人就奇迹般地聚在了一起，擦肩而过或者开始相知。我们擦肩，是因为我们彼此的引力场就到擦肩为止；我们相知，是因为我们有太多太多的能量交集。

我们有幸相见，就表明我们彼此相知的能量场足够大了吧，大到就连时空也感受到了，它为着我们热情的缘故就为我们微笑了一下，暂时为我们弯了一下它的身躯，让世俗里本不该遇见的你我在它的怀里相遇相知。

布个阵,种些桃花

布个阵,种些桃花。让这些桃花永远盛开,让她们自然败落的同时,开放那些败落的数目,以此来安慰不断衰老的躯体,以使自己忘记生命无多。

布个阵,种些桃花。在桃花间,可以徜徉,可以背个小锄子扮做黛玉,可以感伤一下身世,也可以桃花带雨地哭泣。不必担心会被什么人看到,也不必担心春天会过去。

布个阵,种些桃花,只让那识得阵势的人进来,喝茶对弈。

朝霞里起舞,黄昏里掬水。桃花顺水而下,你回转桃花深处,我起身告辞。

亲爱的,再见

再见。再见。

这是最最让我心里流泪的一个词汇了。

我们在一起,是那样自然而然的。我们似乎就应该在一起,这没什么值得稀奇的,也没什么值得思索的,我们原本就该在一起。

我们在一起,每天那么踏踏实实地过我们自己彼此的日子。这日子有欢笑,也有烦恼,有误会,也有吵闹,有开心,也有纠结,有喜悦,也有轻松。有我们在一起的足迹。

那些日子被我们彼此敞开,没有顾虑。

我们在一起,我们常常相约一起吃饭,一起逛街,一起爬山,一起打羽毛球,一起喝茶,一起下棋,一起去看某个楼盘,一起去某个胜地。

我们在一起。我们会经常神往地说起我将来要到哪里哪里去,你会到哪里哪里去。我们就这样心无城府地、开心地聊着唠着、憧憬着。却从不去想,我们真正要分离的那天会是什么样子。

明天我们就要分离,你和我彼此拥抱。你的泪水在眼睛里,我的泪水在心里。我笑着擦干你的眼泪,说:亲爱的,再见。你的泪水就如瀑布般地再也不能擦干,害得我心里也决堤了。

再见,再见。我们彼此拥抱。

再见,再见,我们什么时候会再见呢?

据说再见很容易,通讯很迅疾,交通很便捷。亲爱的,我们很快就会再见的。

再见,再见。和你再见后,我仍将会遇见一些新朋友,在然后的日子里,我们彼此会成为老朋友,再然后的某一天,我们也会以各种形式说着:再见。

再见,再见。我们期待着彼此再见的日子。见后,我们仍将次次地伤感,别离。

初冬·雨水·叶子

那么大的梧桐叶子,大的边缘都不得不翘起来。它们就那么安静地躺在清晨的有着雨水的路面上,再也不能飞起。

在深秋,我曾经那么喜欢它们,喜欢它们随风乱舞的样子,喜欢它们明亮透彻的黄,喜欢走在它们里面,喜欢让它们厚重的浪漫情怀弥漫了自己。可那样的日子转瞬就消失了。

我穿着羽绒服,打着有蓝色蕾丝花边的太阳伞,滑稽地走在红砖的路面上。汽车在我的身边呼啸而过。雨水轧轧的声音,与汽车发动机的声音纠结着,消失,再起。

这样的雨水从昨天下午就开始了。为了驱逐寒冷,我们想出了童话故事里面的情节:寒冷的冬夜,绵绵的细雨被风轻飘飘地吹斜,室内的火炉噼里啪啦地烤热了家人的面孔。于是,我们一致决定去吃火锅。

我们围拢着这样小小的葱茏的火苗,锅开得咕噜咕噜地响。每个人都忘记了外面的雨,外面的冷。我们喝酒,我们大声地说话。时而为了什么惋惜,时而为了什么幸灾乐祸,时而微微地笑着,时而互相争执一番。直吃到不得不离开的时候,才恍然地回到冷天冷地的冷雨里。

今晨,和风细雨,只是没有梨花。能落的叶子几乎都在昨天夜里落下了,直直地跌落,毫不含糊。风再也不能把它们吹起,它们就那么单纯地躺在初冬雨水的地面上,让人产生无限的怜惜。

活着,总会经历一些爱情

活着,总会经历一些爱情。

当爱情降临时,总会把他的一个眼神儿,一个动作,甚至一句话,统统都幻想成专属于自己的,以为那是一种暗示,然后就去猜想,他到底爱不爱自己。猜得久了,就越发地以为他是爱自己的,想他有多么多么地在意自己。

大凡动物一掉进情网就很难再摆脱出来,这似乎是有一个猎人或者一个渔人之类的,在那里虎视眈眈地等待着收网,而那网上还有着无数的小锥子在扎着你的心,你每想挣脱一次都会带来更多的痛苦,因此你就只好老老实实地等在那里。在猎人渔人的眼里把你看做一条美人鱼或者是一只狐狸精还好,那样他会满心欢喜地带你回家,替你疗伤,让你做他美丽的新娘,你也算是修成正果了,可幻想中的爱情往往没这样美好的结局。

按说幻想里的爱情是不存在的,不存在的当然不会伤人。幻想嘛,据人家说是和梦境差不离的,但这个说法经过多人验证后发现是错的,而且是大错特错。

还记得《飘》中的卫斯理吗?就是那个女主角郝思嘉的梦中情人,她朝思暮想,念念不忘的幻想中的爱人。郝思嘉那么一个不知道怀旧,那么一个没思想又分外实际的女人,偏偏就看不懂卫斯理是不属于她的。可卫斯理的一个动作一个眼神一句话在她的眼里心里都是爱情的暗示,她沉迷于此。

多么可悲的幻想啊,好在思嘉是没大脑的,实际的。倘若这个角色换成了心思细密的媚兰姑娘,那伤恐怕就天大了。

幻想的爱情不但伤人而且伤心,这样的伤是没人为你买单的。

印记

无论我多么想逃离,无论我计划了多少种逃离的方案,终了,我还是逃不掉自己记忆的樊篱。

那些引诱的因子,去憎恨它们吗?可它们本身并没有罪孽。有时候,真不忍心写下那些文字,可是那些痕迹却怎么也删除不掉了。

兴许,由于我是一个善感的女人,所以就让我感受到这么多的难过。我不会说痛,也不会说苦,因为我知道,我够坚强。打很小的时候起,我就够坚强。但是,我胆小,一切陌生的东西都让我害怕,由于胆小,所以无论是什么新鲜的东西,我总想去试试,就那样奇怪地恋着那种心惊胆战的感觉。于是,错误就这么来到了,并且,没有任何反悔的余地。

"那时,总是不懂得",这话永远是原谅自己的借口。

如果有来生,我会认真地计划我心中完美的人生。但是,会有来生吗? 来生在哪里？如果真的有来生，我是否会真的如约而行？我是否还会记得今生的憾事呢？

闲暇无事的时候，我喜欢打开音乐，听追风的女儿，一遍一遍地听，沉醉于其中的旋律，把情感深深地溶解，不让眼泪掉下来。就那样朦胧着，恋着那样的感觉。

生命中的印记早已经形成了特定的旋律，而我就是这曲子中的一个音符，身居其中，不得逃离。

我该如何描述你

最近,我一直不能给你一个确切的可以表述的躯体,我不知道该如何正确地描述你的存在,这真让人难过。

可你怎么能这么无赖地充斥着我呢,充斥着我的周遭连同我的呼吸。你让我内心迷糊找不到方向,害得我只能盲目地行走,不能有明确的目的地。遥远遥远的苍茫若隐若现,可无论我如何走,它却总是在遥远的远方啊。我既不能感觉到存在的意义也不能预想我不存在后的一切。

人生无常恰与时间的永恒成为对立。时间不能停止,生命却会随时消失。即使在活着的时刻也不能完全按照自己的意思生存,躯体总是被众多有形无形的羁绊捆绑。

今天,我无比痛恨你的存在!虽然我不知道你到底是什么模样。但你知道我有多么讨厌你!我多么希望你消失啊,永远地消失,如同时间之矢永不复归!可你为什么偏偏地可以反转呢? 一切一切都在消逝的过程之中,为什么你不呢? 为什么你偏偏地可以反复地存在呢?

祝你周末愉快

今天我准备写一些关于祝福的话语,我祝福:熟悉的和不熟悉的你们开心快乐,幸福如意。

我祝你们度过每一个幸福的周末,吃你想吃的食物,说你想说的话,爱你想爱的人。

我祝福你没有一丝顾虑,生活已经够累的了。你如果不愿意出去,那就不要出去。如果不想陪她逛街,那就不要陪她逛街。如果想看电视你就看电视,如果想睡大觉你就睡大觉。想大声地笑就大声地笑出来吧,不要去顾虑他们的眼神儿。

你想做什么,就去做吧。就这么一天,放松吧! 因为明天,你仍然要做出道貌岸然的样子,你仍然要彬彬有礼或者不苟言笑地去工作去生活。

君子为生活所迫不足道哉。我祝福你:周末愉快。

我要做一个快乐的小农人啦

从今天开始,我要做一个农民啦! 我要做一个目光短浅的、脚踏实地的小农人!

我要把大片大片的土地割让,我要把正在丰收的玉米送人,我要把满池的荷塘送人。我的眼睛只盯着我眼前的一亩三分地!

我要在我看得见的上面亲自种植! 种植百合,种植郁金香,种植兰草;种植接骨木,种植风信子,种植铃铛花;也种植薰衣草、玫瑰和大大的南瓜。

嘿,此刻我心花怒放。我还要种植可以供小鸟啄食的粟米,供我自己食用的麦子和水稻,还有甜蜜的葡萄和无花果树。

瞧,这一切都透明的让人心醉。

是的,我要在我的一亩三分地上,打出水井。我要让溪水唱着青翠的歌声欢快地流淌过我芬芳的土地,我要让我的闲暇在美好的黄昏里吹奏起曼妙的长笛。

我要做一只快乐的井底之蛙,我只需要盯着我头顶上的一片天空,我看云飘过,看月朦胧,听风吟唱。

我要在夜晚,坐在我的水井旁,只盯着那颗最大最亮最远的星星,遐想。

谁的灵魂需要救赎

某某某也出家了。有泪水流下来，却说不出是为谁而流。

仿佛集体丢失了方向感，仿佛是一霎那的事儿。

谁的灵魂需要救赎？

罪孽，如果有罪孽的感觉，当是一件值得赞美的庄严事件。

当内部发出声音的时候，你一定要静下心来倾听，放下手头所有的事情。你要相信它的引导，而不至于让它离开你，让你如同漂浮的气球，无依无靠。

你是由泥土生的，你必站在土地之上，才有力气看清楚这个世界。

你需要朋友，因为只有众生的存在，尘世才得以有了生命的气息。你活着，必然会有不断的打扰出现，它们会一度迷惑了你的眼睛和心灵。

疑虑也会不断地出现，让你无所适从。这个时候，你的思考一定不要过分地长久。因为你的思考永远不可能比天地更正确。但是，你一定要相信自己，然后去做，错了没有关系，谁能不犯错误呢？然后你一定要吸取过去的经验，再投入生活。

我觉得，一个幸福的人一定要有一个良好的信仰，因为我们都需要依靠。

不可告人的，我们可以告诉我们的内心，因为我们的灵魂，唯有在心灵深处方可被救赎。你如果自大，你的真我便会远离你，虚空便会在你充满自我的皮囊里渐渐扩张，直至你发现你已经丧失了生存的意义。

我们活着避免不了磕磕碰碰，然而，当你真正从内心深处正视自己的时候，我们会得到救赎。

夜里得一奇梦

昨夜有很多的秋虫在鸣,入睡后,竟得一奇梦。

梦中的情景真真切切:我,还有一些其他的人,一直在为家中琐事忙忙碌碌,稍适休息的时候,听见外面人声嘈杂。那是老家的小院子,院子左边有一颗正在开着白色花朵的沙果树,沙果花儿释放出淡淡的清香,北窗下有一个山葡萄架,枝繁叶茂。小小的院落,挤满了人,很混乱的样子,细看又井然有序。原来是人们在做健身的舞蹈。里外共排了三层,最后面的一层是穿紫红套装的美妙女子,中间是四五十岁的中年男女,前面一排是年龄不等的老人。

由于院子小,布局呈现出杂乱围拢之势。院子的左前方有一个模样 70 岁左右的老人,他正指挥着人们一个挨一个地顺次舞出。当我正看得入神之时,突然见到有两个人出其不意地摔倒了,接着又摔倒了三个人,我急得惊呼:有人摔倒了!就在我呼喊的时候,又有坐在凳子上的老人连人带椅子一起重重地摔倒了,只听离我三四米距离

做个幸福的人

的一个人说,他们是故意摔的。话音未落,全院子里的人全部统统都摔倒了。

这时,有空旷的话语传来,这话语只所以被我形容为空旷,是因为实际上它没有任何声响,但确确实实是有人在清晰地说:人生的旅途是坎坷的,即使你现在遇见的全部是坦途,也可能随时摔倒。这个舞蹈的名字是——警示,目的是训练你面对突然的遭遇,是否可以得救。

醒来的时候,天已经微微放亮。秋虫的声音已经很低很低了。因为奇怪这个梦境,所以就很清晰地记住了。思索了很长时间,记录下来。

几天逃离栖身之所

几天的了不起在于她能从棺木中醒来，在于她能在把沉重沉重的棺木下葬后，站在了山坡之上。

眼睛可见之处只有一头驴子，一头寂寥的驴子，没有第二头；有一地璀璨的光，光光光光的冰，很光。光亮映照着枯枝，映照出惨白惨白的月亮。

几天的眼睛几乎从来没敢正视过正直的或者邪恶的眼睛。几天心里总是发虚。"悲歌应该是属于几天的。"她心里说，并打此开始逃离，她不停地逃离她的栖身之所。

故乡的词汇几次想挤进她的脑海里，但最终均以失败告退。

几天的脚步有些踉跄。"他们或许都在睡觉。"人们在极度痛苦或者在极度心虚之后就会开始睡觉，因为也许睡觉是才是人世间解决一切问题的最好办法。

温暖的海风，以及酷似玫瑰的山茶花在遥遥地召唤。其实，真的没有任何召唤。有的只是想象。几天没有家园。没有栖身之所。没有妈妈。

你可有浆汁的果实拿来？

走，一直走，目标向东或者向西，那是一个梦或者是一个使命。

你知道你走的最终目的么？不知道，或者知道。从会走的那刻起，我就再也没有停下了。我想，这样的日子，一定会一直持续到上帝收回他的赠予。

在深秋，我曾经得以片刻的休息，那天我以一滴墨的姿势停在路途的一隅，以无限憧憬的神情仰望葡萄的低垂。那是多么饱满的浆汁呀。

风之叶片反复吹过少女乔装老成的面孔。那踯躅街头的，喂，喂，我问你，在醉酒的秋天，你可有浆汁的果实拿来？

辞旧迎新

　　我真的不喜欢说:告辞。怎奈今年的冬天实在是太寒冷呢,寒冷得不能让新渠流淌清澈的水。在被污染的黑水里,那些草鱼们还自以为是呢,它们奋力地哑声地喧嚣着,谈论着爱,谈论着生存。

　　鱼们的思想在无限度地膨胀,想要拥有一个纯洁的环境,而溪里的氧气就快没有了呀,可它们并不知道事实的真相,它们依然在热切地讨论着如何生存,大声地宣扬着要彼此相爱,以此来拯救它们的世界。

　　溪水的泪都痛苦地流到地壳里了,它的氧不多了,那些水草也都快死掉了,鱼们伤痕累累奄奄一息,它们热切地疾呼:要爱,要生存。可怜无知的它们哪,它们并不懂得毁灭的真相。

它们不知道,水注定是要被污染的。因为人类都说,水至清则无鱼。

在今年的最后时刻,想这些事情真是糟糕透了。我尽量地想把这些现实问题写得美一些,可却突然发觉我曾经置身的世外桃源,竟然从来也不曾存在过,这是一件多么打倒灵魂的事情。

除夕的钟声就要被敲响了,喜悦的人们都在热情高涨地喊着,五、四、三、二……愿新年的钟声敲响你快乐的音符……告辞了,旧岁。

新年,你好吗?

你必须承受和打败

我几乎再也无法忍受那些在楼房里和乡村里轻易消逝的爱情,以及干燥污秽的街道。

是的,这些干燥、这些满目的垃圾让我的鼻子迅速失去嗅觉,让我的内心无以名状地烦躁,让我的喉咙嘶哑,让女人的目光涣散。

干燥让青草们提早地枯黄了,让时令刚进入芒种,灰菜就过早地成熟了。让我不可思议的是那细小干瘦的灰菜竟然生出了一枚超大的瑰丽的种子,这真让人惊奇。

转基因玉米先玉335丰收了,小老鼠们吃了它后都变得呆头呆脑的了;猪和羊的儿女们都被335化成了污水;我在喝了335酿制的老陈醋后,思维就变得这么混乱不堪了。

我对这些变卦无可奈何。我难过我搞不清我到底该吃些什么,该怎么活。

活着,生存且活着,我们还需要承受些什么?

时常的燥热,或许只有深入原始的沼泽才可以避免。然而,你何时才能从沼泽地里挣扎出来呢?

六月的草原是何其茂盛呢

六月的草原是何其茂盛呢，我能看见草的茂盛边界，我能看见游荡的禾花雀在四处游荡，它的叫声响亮而短促。

"看哪！神在穹苍为太阳设帐幕，太阳如同新郎出洞房，又如勇士欢然奔路"。看哪，生长着的晚霞多像一片多么火红的玫瑰呀。

层层的蓝天次第深入，太阳之火顺着天际奔流西下。他大步大步地向西奔走，天际瑰丽的雄伟层层推进他的胸膛，他的脸上现出红晕，他的眼睛湿润了……他快步疾走，然后开始奔跑，他跑得很快，以致丢掉了他一直视为珍宝的箭矢，丢掉了那装饰着那美丽羽毛的箭矢。

他满脸红晕地向着晚霞，向着西方簇簇密布的熊熊火焰奔跑，他不断地穿越，不断地穿越荆棘和蒺藜们，他赤着脚，他喘息着，他发出沙哑的吼声，不断地向西奔去。

玫瑰花渐渐盛开，太阳鸟穿过晨曦，嘘…小声点儿，有新生命就要诞生了。

六月，面带笑容，单纯可信

你是一切光，你是一切暗。我在你里面胡作非为，而只有你能包容我。

一切似乎都是幻像，似乎都在行走，它们在此岸成为可见的真实，这叫我内心如何不胆怯？

我的内心虚空，我想找些什么来填满它们，可又想推脱。于是我把自己交托给你。

他们说：惠特曼和迪金森写诗就好像从来没有人写过诗一样。而你的诗歌却似乎总被人重复，他们总是想小心翼翼地躲避你，却总是难逃罗网。

从他开始，他们的嘈杂就再也没有停止过，他时代与他个性，在时间的长河里总是倾泻而出，滔滔不绝。在有迹可循的光与暗里，涌到这儿，涌到那儿，涌到边缘，直到地极。

你看哪，在他里面，在六月，所有的人，所有的桌子、椅子、纸张、笔，小狗、猫，年轻的、年老的，窗口、穿廊和亭台，都面带笑容，单纯可信。

六月,我们坐在草叶上对饮

从昨夜起,我再也不是我,我成为了你,一切成为了我。

"灾难只在此地发生",此刻我们无所顾忌地坐在细长的草叶上对饮。细碎的金属丝……缠绕着彼此,用心至肩腰上牵出更多。这可以防止我们从草叶上掉下来摔个粉身碎骨。

我在酣畅淋漓中假寐,我朦胧着醉眼看你哭得不省人事。然后你举着酒杯,两眼汪汪,头也不回地离开我,独自走了。

你离开我们共同的草叶你能去哪里呢? 溪水不是你的,花朵不是你的,泥土也不是你的。你说,你要离开这卑微之处,你要远走天涯。

我在假寐中举起酒杯一饮而尽,然后顺着缠绕的金属丝带,轻易地就牵回了你。你无可奈何地笑笑,于是我们继续喝酒。

在草的叶子上,今夜的露水寒凉,我们的呼吸在月光里渐渐清澈澄明。

与黄帝说

看哪，那些气体在身体里穿行，它们在阡陌纵横之处穿越，它们在喜乐里唱歌，在悲哀里踟蹰。

你说，这些道路是经和络，你需要指望着它们通向幸福之地。

风休憩的地方是穴。你看不见，但它们是真实地存在着的。

你痛惜地谴责我说，给你的身体使用说明书你为什么不看呢？你不比冰箱电视更珍贵吗？你不比B超电脑更精密吗？你为什么不按照说明书使用你自己呢？你的健康不是在你的手中吗？

他是真的痛惜。他说，你不探求，你将永远不知道你自己的秘密，而我的秘密早在初时就展现给了你。

是谁教会商人炼铜的？

是谁教会商人炼铜的？

我一直很纳闷，我们的老祖宗咋就那么聪明呢，怎么在远古的商代就会炼青铜了呢，而且不单单会炼青铜，竟然还会制造出那么多精美的器皿。他咋就知道怎么可以用铜和锡混合冶炼成青铜呢？是谁教给他们的这个技术？他咋就知道在哪种土里有铜，哪种土里有锡呢？他咋就知道通过哪种方法可以得到铜，通过哪种方法可以得到锡呢？那些精密的化学方程式是哪个古人科学家研究出来后教给他们的？他们到底懂不懂得冶炼青铜的化学方程式啊？还有，青铜器上的那些精美花纹是出自哪个古人艺术家的灵感呢？

我想起了我们大炼钢铁的年代，我们岂不是比古人更聪明吗？可我们为什么能把好好的锅和门鼻子们炼成了一坨坨的垃圾？我们岂不是比他们更有文化吗？可怎么还"国内青铜器收藏升温，复制仿造由来久乏精品"呢？

我们的古人实在是难以揣度。隔着数千年的时空鸿沟，我只能站在此岸徒然地猜想着他们的秘密。

在喧闹的浮华里

我无论如何也看不清,曾经"轻轻放在肩上的"命运、死亡和爱情。如今,我们已完全彻底地背弃了它。在喧闹的浮华里,赤裸裸被奉为美的经典。

羞涩迅速地遮掩了眼睛,以十万 Mile 的速度疾速退却。浪花层层翻卷上来,肆无忌惮,800 里的海岸布满了比廉价更轻薄的爱情。你何时见过圣洁的月亮下了诅咒?

是泥土缺失的缘故么? 这些被造的,这些被抽条的,缺失泥土味道的同代人,在颠覆的爱情里随处可见。自以为深深地被爱,明天一大早就经霜而死了;哀愁随处可见,所谓的深情不见得有多崇高,你以为的刻骨铭心并不见得有多深远。

在喧闹的浮华里,古来的寂寞空前热烈。到了该去寻找食物的时刻了。除了填饱肚腹,你什么也不要想了。

那神秘的看不见的力

那神秘的看不见的力让我脱离你,完全地脱离,不能再存一丝幻想。

从那一天起,我被抛向人间,四处流浪,居无定所。

胆怯常常欺侮我找不见你,痛苦常常攫获我的头颅,悲哀常常在我心里欺侮我回不到你!那样虬柯纠结的巨大的鞭子啊,劈头盖脸地抽打我,让我无处躲藏!

我曾经努力地想象你,想象你剥离我时的痛楚,想你痛楚的神态,想你最终剥离我时的喜悦,想你最终得胜的神情,然而,那一切于我都是模糊的,那时的我是懵懂的。可你为什么竟然狠心地弃我不顾呢?为什么在我最无知的时候抛弃我呢?我原本不是属于你的吗?

你是否知道,你抛我于狭窄的人间,意味着我的什么?你弃我,扔我单独行走,放我于井然有序之中。

在井然有序中我是无序地行走啊,除了你,还有谁可以引领我?引领我离开,引领我达致那最终的美?

我以为地球是属于我们的

善良的上帝给了我们独立思考的能力，赐予我们生存的空间。善良的神啊，在赐予我们风和日丽以及丰厚的食物以外，也赐予我们闪电和雷鸣，暴风和洪水，干旱以及各种不可预测的灾难。

具有独立意志的人哪，你们是多么妄自尊大。你以为你利用了次声波给人类带来了福音，殊不知世间万物都是互相效力的呢！你以为你利用了核能什么的为世人造福了，殊不知你的利用正以数以 N 倍计的能量在加速度地飞奔在返还你的路上呢！

可赞美的神哪，也赐予了我们一切的美好以及思考。可神哪，我多么希望，在你造我们的最初，能少爱我一点儿，只赐予我本能，以便让我能在危险到来之前识别它。能让我在这个无限美好的世界里，跟上大自然的步伐，本能地度过每一个莺歌燕舞的春天，每一个阳光灿烂的夏季，每一个硕果累累的金秋，每一个银装素裹的冬天。

让我渴了就走到欢快的小溪那里饮清洁的水，让我饿了就摘一些美味的果子来吃,让我冬季就如同棕熊一样在粗大的树洞里暖暖地冬眠,在春天里,本能地在欣欣然的绿草地里徜徉,让我可以开心地与蝴蝶野兔们嬉戏。

爱我的神啊,我感谢你赐予了我现在拥有的一切。让我有电脑可以使用,让我不需用纸笔就可以快速地把思维迅疾地传播到世界的每一个角落。感谢神让我们的思考拥有如此便捷的联系。

上古辽阔的天南地北,因科技让我们成为邻居。

我的神啊,我感谢你让我们拥有创造的智慧,让我们拥有无限的私心,让我们拥有这个无限美好的充满着一切皆有可能的地球。

可是,神,我们以为我们是地球的主人,我们倾全部的精力来建造它,把它建造得如同天堂,如花似锦。可是,只要它那么轻轻地一晃动,我们就都颤栗了。神,你是有意把我们放在这上面游戏的么? 神,我知道你充满了全地,你在看着我们。

神,是你在笑吗? 是你在怜悯我们吗? 神,是你在痛惜被我们搞砸了的地球吗?你是在谴责我们深入到天上地下的膨胀之心吗? 是的,神,你充满天地,但是你独独没有充满人心。

神,我是被次声波的消息吓破了胆;神,我在为诸多的核能应用忐忑不安。

神,我多么情愿我是一头大象呢! 神,感谢你让我生而为人。让我有思考,有害怕,让我存有侥幸之心。

我们重蹈覆辙

还有多少希望在未来之中？我的子女，子子孙孙！期待，期待那些未来在他们那里得以实现。

事物所到之处，曾经的都不过如此。今天，我不想再拿任何事物说事儿，我只是想问：这个旅途，它的终极在哪里？

"繁荣的幻像，令你自以为是，脚步匆匆却是走在荒原之上"。继续，继续，我们不能退却，我们继续向前。

我们喜乐的终点总在前面。我们要好好地走，好好走。因我们的后裔要步我们的后尘。我们要好好地总结经验，不要让他们走我们的冤枉路。我们要好好地走，我们要总结最好的经验给我们的他们。

可他们却说：我不是看故事的，你放开我；我是创造故事的，你放开我；你的经验不是我的，你放开我；我自己的路，我自己会走，你放开我。

后裔，后裔，我们的后裔，前人们的后裔啊，我们一直在重蹈覆辙。我们谨慎行事，我们行走江湖，安全第一。

马玉琴和李玉成

那个看客哈哈大笑,笑得流出了眼泪,这多滑稽呀,这沟壑纵横的老脸,这满头的小羊角辫子,这水嫩嫩的少女睡服。这太不相符了!这太滑稽了!

李玉成马玉琴,马玉琴李玉成,看客心中反复念叨着,在念叨声中渐渐地神情开始严肃。

她就要进行除皱手术了!她就要为爱情进行除皱手术了!她,马玉琴69岁。她的爱,李玉成37岁。

他看着她,看着她的头发被医护人员扎成无数个紧紧的小羊角辫子。他看着她,深情地看着她。这张布满岁月痕迹的脸呵,这张脸这些累累沟壑的脸,这张溢出圣洁之光的脸。

十年的爱,十年的相知。他们的幸福,他们的爱情一直在。

因为爱他,就想给他多一些青春。

因为爱她,就想帮她完成她的心愿。

她是下了多么大多么大的决心啊,啊,帮她吧,帮她吧!

那个看客在一旁哈哈大笑,瞧,这多滑稽,这些照片多滑稽啊。然后,看客开始热泪盈眶,说,这些照片多可爱呵,你看,这对老妻少夫演绎的忘年恋,69 岁的妻子为她年轻的爱人切除了自己的岁月,69 岁的老妻除皱成功,开始与年轻的丈夫过上了幸福生活。

诞生

那天，神创造了天地，神的灵自由地运行在水面上。

那时候，天地浑然，虚无。神说，应该能看见，能休息才好。于是他说，要有光，混沌就应声顿开了。神说，应该把水、空气和陆地分开，于是，世界就应声就有了海洋、陆地和天空。

在这一切之上，除了神的灵在运行以外，所有的空间都空空荡荡。神就说，要有些生机才好。于是，地面上就应声发生了青草、菜蔬和结果子的树。神说，这一切都要有个记号，以便能分清光明和黑暗。于是，应声就有了太阳、月亮和星星。神看着这一切，说，已经很好了，可还是不够热闹。于是，他就让水里滋生出各种生命；让空中飞翔起各种雀鸟；让林中、草地上分布栖息了各种动物。

做完这一切，神就坐在青青的草地上休息。

天空很高很蓝，白云漂浮，周围的鲜花随风摇曳，鸟雀唱歌，蝴蝶跳舞，麋鹿、虎和豹们在嬉戏。神安静地看着这一切，郁郁地说，世界这么热闹，可我还是很孤独呵。

他低下头，沉思了好久之后，捧起了一把红土，来到水边，按照着自己的样子造成了人形。他细细地端详，然后满意地点头，再然后，他慎重地把生灵之气吹入泥人的鼻孔之中，泥人就动了起来，新奇地在地面上走来走去。

今天，燕子的孩子诞生了。我们替这个李姓家族欣喜，替人类又诞生了一个新生命欢呼。

你看，李家爷爷奶奶的笑容是多么灿烂啊，他们的嘴巴笑得似乎再也无法合起。

哦，年轻的父母终于有了一个孩子。这个盼了好久的，这个小小的生命，他是那么小呵，他是那么真实地来到了人间，他们是多么欣喜啊。

此后，他们需要，顺应天地，不间断地向这个新生命注入初始的灵魂。然后，他将幸福地长大。

第四辑：时间的花蕊

重复的，还有必要再去走吗？她知道，再次遇见的
那个就是再次的了，和从前的没有任何关系。蓦然
回首，他也不是他了。

有淡香袅袅飘过

有那么一小块地方。

不要喧闹。也不邀请客人。独自进进出出。

偶尔有客人来，她就拿了杯子，给他泡一小撮茉莉花儿，用透明的瘦高的玻璃杯子。淡香随着热气袅袅地升起，浸泡茉莉花儿的水有些许的浅绿。

他们就这样喝着，开着茉莉花的水，有一搭没一搭地说着话，话并不多。水喝完了，再添上，干枯的花朵就渐渐地开到极致了，一朵一朵地鲜活地洁白，鲜活得就连细小的花蕊也能看得很清楚。这些小花儿在瘦高的玻璃杯里次第沉浮，就像各人的心思沉浮在这个世界里。再次喝完的时候，话也就没了。

这个女人，被邻居用异样的神态，明目张胆地或者窃窃地审视着。

她就对自己说，这样很好。要热闹于自己有什么用处呢？无论是热闹还是孤独，它们有什么区别吗？组成喧闹的的个体，无非是，只能是，单独的一个。

认识孤独

如果在某个夏天,你突然发现,你总是一个被倾诉的对象。

如果在某个晚上,你突然发现,你从没有可以倾诉的对象。

这个时候,倍感孤独的你一定要相信,知己对于你来说,它只是一个蒙人的话语。

从此明白,灵魂上的孤独是不可避免的。

从此,你也无须再去寻找所谓的知己了,因为大半生的时间已经过去,该有的已经有了,不该有的也就不必再有了。

其实,做孤独的自己有什么不好呢,孤独地想他。假装他也在想自己。

自己欺骗着自己也未必不好。在一个不完美的世界里编造着完美,只因为是编造,所以就没有打破美梦的残忍。

编造,让自己生活的比较开心。说是度残生也好,说是看破红尘也罢。把一些不完美的看得比较美丽;说是残缺也好,说是遗憾也好,只是不要说出"残忍"就好。不是不说就不存在，也不是不看就不存在，只是你无力改变。

不完美的世界因为有了不完美，才有了很多完美的愿望。

一切都是注定的。一切的苦难都是为完美而准备的。

开始知道，在灵魂的最深处，你并没有什么朋友。你也不必再去寻找什么朋友了。

从今天开始，让自己孤独的灵魂，独自享受……活着的日子，能多自由便多自由。

时间的花蕊

把那些美好揣在口袋里

"日月昭昭乎侵已驰,与子期乎芦之漪"。

被异乡巨大的孤独笼罩的时刻,偶尔遇见那行为语言相和的,就总以为是心灵上的知己,孰知与认知相去千里呢。

"能在某一个阶段相知就已经很好了"。

他就继续行走,一路上,遇见渔父,遇见嘈杂,也遇见浣纱女。看见这些陌生的,似乎就感觉离希望越来越近了。

可那希望是子胥的,而并非芷若的。行走,又没有目的地。她不清楚她会走到何时,走向哪里。

经过的那些树木相互伸出强大的枝干,使它们彼此的枝叶能够交错盘杂,紧密相拥。它们的拥抱给树下的空间营造出些许的清凉来。而它们内在的根系与根系之间却没有丝毫的联系,它们各自汲取自己需要的营养,并不能通过枝叶相互补给。

不断地经过，经过这些种种，她曾经奢求把一些美好永远保存起来，时光就因此惧怕了她，隐隐地向后退却。

在长长的泗水旁，他用后脑勺看路，退着行走，一边把那些美好紧紧地捂在自己的口袋里，一边看着她渐行渐远……那些感觉就如同除夕午夜的鞭炮，震彻心扉的美妙和着绚丽的烟花，瞬间就化为细碎的纸屑消失了，让刚刚还沉浸在喜悦里的内部立刻变得空空荡荡。

芷若走了那么远的路，在路上，她总是遇见似曾相识的树木、村庄、鸡、犬、小径、山坡、田园或者河流，它们和她认识的是多么相似啊。它们就像那些梦境一样，经常有熟悉的情节反复出现。

重复的，还有必要再去走吗？她知道，再次遇见的那个就是再次的了，和从前的没有任何关系。蓦然回首，他也不是他了。

所谓的峰回路转，其实是一个多么十足的千古讽刺呵。

知己的名声

兴许是安逸离我们的生活太近了，以致再也没有什么东西可以拿来添满的，梦里梦外就全是你了。

有缕缕的芬芳，仿若晨曦。时空如同真诚的保护神，可以让我们彼此坦然地袒露这一切。

空间也许可以保护我们，让我们彼此安然。所以，请不要靠近吧，怕是靠近了反至灭亡。

只是，我请求你，请你在身体死亡的那前一瞬，把我们曾经深深深置的深沉晾晒出来，给它们以自由，彻底地释放它们。那样，我们彼此的灵魂也许会由此得到快乐的安息。

人们最终也会知道之前的真相，他们会善解人意地了解到，那一切都不过是我们掩埋人间疾苦的一种手段。

而真实的我们，并没有知彼，只是落得了一个，知己的名声。

指尖划过花苞树影

是的，她喜欢这样的幸福，可以用来感受，可以用来微笑。

这美妙的手指，她曾轻轻地抚过你的脸庞，轻轻地划过这些书页，轻轻地感受过花苞打开的声音，轻轻地敲打出每个字母组成的一串串儿美丽的心情文字。

她曾在初冬时节，让雪花飘落在手掌上，看着她们静静地融化。

她曾在大山的春天里，让溪水在自己的指缝间汩汩地流过，让可爱的小鱼儿惊慌地逃走。

她曾在盛夏的午后，让斑驳的树影穿过指缝，她曾在秋季里让金黄的叶片划过指尖后，再去飘零。

她喜欢这样美妙的感受，就如同感受婴儿的成长。

她看着她的手，她的手已经很老了呀，那些细纹纹已经构成了诸多粗糙的沟壑。在每个沟壑里都密密麻麻地布满了树枝般虬砸的影子，在每个影子里都密密麻麻地写满了过往的和正存在着的生命。

她伸出手，放在眼下，认真仔细地端详着。是的，她感受到了她们的幸福。

一如我陈旧的心事

就那样安静吗？一直的安静，怕怕的。

滴下的泪水，已经涨满了秋池，走就走了，我也不会再挽留你了，随手写下的，也不能再让我心伤。昔日的伤痕依旧历历在目呢，也罢，也罢。

你的无语，我不知道意味着什么，笨拙的我啊，依旧还是那样的笨。

荷的翠叶已经香消玉损，我的心写满了伤你知道吗？

那会是你的呼唤吗？那样遥远的呼唤呵，远的好似在天堂之外的空谷中了，远的我无法听见。

我已经难以相信了，就这样吧，就这样吧，就任满塘的芳荷渐渐凋零吧，凋零的一如我陈旧的心事。

做个幸福的人

时间的花蕊

如果,放弃是一种更好的方式,那么就放弃吧。

可一切现象表明,放弃并非易事。

无奈的我呀,只能把思念默默地藏起,不再拿出,并且尽可能地不让它们接触空气,以防止氧化。

午后的阳光,是时间的花蕊,她们暖暖地照进我的书房。清水中的兰草舒展着她优雅的身姿,安静得如同一幅不朽的国画。

在这样温暖的午后,我确定,我是爱你的。只是我不能说,给你我的一生。

我不能说,我一定会出现在那里,我也不能说那里会有我们的爱情。我能给你的只是现在的心思,以及这些被我小心藏起的悠长的思恋。

我珍藏起的,是一叠叠的往日时光,是时间的花蕊,它们将永不改变。

白莲花般的年华

总想为你写下一段美丽的文字，就那样临窗而坐、书写，任思绪飘飞。

可实际上，我并不能为你写下任何东西。

有些词汇，即便是在心里也不能组成一个完整的句子，而有些话又搁置得实在太久，它们已经老得经不起任何推敲了。

而我们，而我们其实从来也不曾真正认得呵，那萦绕在梦里梦外的，只不过是年少时那些，如同白莲花般纯净的年华。

最美里来的诗歌

这本诗经本是不卖的,所以我也只能借来暂读,并且要很快地学会从学习的角度来阅读。

在这里,你会看见喜悦的未必永远喜悦,孤独的却从来孤独,能重新来过的不是日子,而是那些最忠贞最热烈的爱情。

哀婉的情诗,总是能打动一颗善感的心,而我总是其中的一个。

扮演唯美的角色,总是无意识地发生。也总是在最美的时刻,就有声音说,你必须离开,并且说,凡是在最美里来的必学会写诗。

沉默的理由

沉默的理由很简单。

我是说，我沉默是因为我怕，因为怕，所以我不说。

怕，是怕变。我觉得一成不变，看着比较顺眼。说了，就变了，就没法看了。

我沉默，是我怕变。一变，我就再也找不到回家的路了。

我沉默，是因为我渺小。如果我是巨大的或者永恒的，我定然会大声地唱出来给你听。

然而我只是一个连自己的命运都掌控不了的微小的生物呵，无论我怎么走，那个遥远的边界，我终不能抵达。

我也只能随波逐流了

体育学院的体育场里座无虚席,在热烈如烟花的空气里,水木年华最终唱起。

我身边的小末把热情发挥得淋漓尽致,和着乐声尖叫四起,而我一如局外人。

歌者是在为谁而歌? 听者是在为谁疯狂? 我是听者吗? 为什么我的淡然与此景格格不入? 游吟诗人被我无地端想起,我暗暗地想,他们的歌声兴许更能引起我的注意。

就在此时,他们喧嚣的时刻,我分明地知道,你就在那里。在人潮的那边,我探出身体,寻你。

我分明地知道,你就在那里,可我却无论如何也难以逾越人群呵。我的耳朵听不到你,我的眼睛看不到你。直到散场,我也只能随波逐流了。

一道隐秘的花纹

如此安静，安静得如同黎明前的夜。

······ ······

白昼白得近乎于荒芜，似乎了无头绪。汽车鸣叫的声音如同失魂落魄的驴子。不断迫近生活的到底是何方神圣？

那些叫做合欢的树，它们的花朵在雨里凋零，无限美好的花蕊被各种颜色的高跟鞋、板鞋、运动鞋、男士皮鞋，自行车、电动车、摩托车、小汽车、公交车，被各种各样不断经过的超然物体辗做成泥。

无论是行人、我，雨水还是合欢树，都必须紧紧地跟随命运的刻意安排。

据说，每个人的生命里都曾被造物主植入过灵魂的密码；据说，如今的世代，密码已经成熟了，所以我们对即将经历的什么再无需顾虑。

或许这一切都可以化做一阵风，穿过黎明，让我们感到辽阔。

这一切只不过是生命中的一道隐秘花纹，有待我们看得更清楚些。

在绿色的枝桠之上

在长长的徘徊的影子里,太阳终于落下了,海水渐趋平静。苍白的浪不再有任何声响。我疾步而驰,我希望能赶在月亮升起之前与它们握手言和。

于是,在春花消逝之前,我期待的神情走在绿色的枝桠之上。最后一棵树已经长满了绿叶,我还有什么理由不快乐地飞翔呢?

看四围的繁花,我边走边猜想,她们哪一朵会结出绿色的果实? 哪一朵的果实会平安地成长?

一个女儿的巧手结花成环,娇俏地戴在头上,另个女儿拈花插春于长长的发辫之上。这情景是向春的必要颂词。

我在内心勾画着春逝的景况,她们欢笑着并不知情。花豕之旁,似乎是我在袖手旁观。

晚风不断地穿过我的躯体,我的长衫飘起。繁花渐次隐退。

月亮就要升起来了,它们就要消失了,我心念着这些,开始快速地掠过层层的绿色枝桠,飞步疾驰。

那样一只麻雀

就是那一只麻雀呀，那样的一只麻雀，过眼云烟以及那些繁花，它都历历在目呢。

这是一只多么稀奇的麻雀呀。每当你用眼睛去看它，它就羞涩地隐藏了，隐藏了它小小的心事。

曾经的海岸金沙浩渺，海浪不断地堆起它们，再拽回它们，反反复复不厌其烦地如此轮回。

在退潮的日子，你来到海岸，你期待什么呢。在那只麻雀的眼里，所有的可都历历在目呢。

而你，当你深入城市的中心，看城市的沙，看城的波浪轮回涌起，你当像鸟儿一样地存活，为历史留下真实。

你来自空旷，将来也必归于空旷。此刻，你的时代正处于城市的中心，你要做到历历在目呢。想着这一切，你笑了，以一双麻雀的眼睛。

生命·时空·滑过

午后4点,她打混沌中醒来,她用饥饿的方式领悟远古,用坚持的方式领悟时空。

这个美丽抛物线的起点和终点，她从23日凌晨开始让自己在文字里渐渐昏迷,在黑暗中回去清明的日子。让春风拂动柳枝,让两只犬穿跃菜畦,让草色温暖……然后在八点钟转动黑黑的眼珠,再次沉入远古。

晌午11点,烤地瓜的香甜美味诱她暂时清醒,她坚守这样的安排,并不拒绝。然后满意地蜷缩,在抛物线上坚守阵营。

午后4点,饥肠辘辘,她打混沌中醒来,光阴昏黄。她说,这是黑暗前的黄昏了。

午后4点,她从床上爬起,她在厨房的斜阳里,把水管里放出的水加热,安静地让水缓慢地达到沸点。

外部,突然鞭炮齐鸣,天空瞬间沸腾。人间纷纷开业大吉了。

这就是生吗? 她这么问了一句,然后走到床上,倒下,睡死,再次生梦。

失去翅膀,是如此残忍

你坐在花朵里,花朵坐在公园里,公园是如此美丽,你是如此美丽。

你美丽着幽幽地叹息,你的叹息悠远又神秘。晨的甘露滋润着你,它珍贵清澈而甜蜜。你的眼睛是湿润的,你美丽的睫毛上挂着晶莹的露滴,露珠在巍巍地颤栗,你在长长地叹息。

你只能悠悠长长地叹息啊,此刻,你只能坐在这里。

哦,失去翅膀,是如此残忍。

感受我无限的渺小

她万分沉重地说,她同事的老公因车祸身亡,在今年的情人节,天人两隔。

她说,她不忍心继续看她失魂落魄痛不欲生的样子,强忍了一个上午后,她不得不到我这里来放松一下。

他刚刚升职,38 岁,风华正茂。"明天还要开追悼会,我得休息一下。"说这话的时候,她面容憔悴。

"拥有更多的金钱,在适当的时候可以用来购买幸福甚至生命。"

"拥有再高一点的职位,生活便会过得更加精彩丰满。"

然而命运总不能被你掌握。无论你的威望有多高,你的财富有多少,死亡总也防不胜防。

在意外离开的霎那,不知道死者做何感想。而于我,再一次感受到生命的无常,感受到我的无能为力,感受到我无限的渺小。

按照昨天的计划

按着昨天的计划去攀爬大好河山，在攀爬的过程中我没有任何想法，只是为了攀而爬。至极的穷山布满了大大小小的石块，遍布的荒芜里呈现出斑秃般的荒凉。高高低低的荒草在石块的压迫下压迫着石块，挺立于众石之上的山石喧嚣着耸立在巨石之巅。

仰望之余我证明这块山石它不仅是顶峰，而且是险石。天下大治和平的人们迫切地想表明什么，他们不理睬造物主写在枯叶上的密码，只管一厢情愿地把巨大的呼吸调动起来，把塔吊的内心尽兴地敞开来，挥毫书写。在巨大的石块上书写下他们的目的。

巨石里的微小泉眼隐秘地藏在荒草烟蒂恶劣的绿苔之处。巨大的山石峰峦叠嶂，云雾缭绕之处出现的，我想一定不是仙女但很可能有妖怪。

上山用了两个小时，下山却只用了一个半小时，这样下来之后，我的脚腕就痛得我颜面尽失了。

山里那颗孤零零的树的叶子上书写满了神的密语。可我不通神语,于是,我把它呈现给你,立刻,这世代以及其他的,在你面前被一一打开。可你却说,这什么呀,全是乱码。"这是诗歌。"那个声音说。你笑笑,顺手把它合上,不以为意。

我的泪水顷刻夺眶而出。

秋天准确无误地来到了

"秋天这么快就来了。"说完这话,她就哑然失笑了。

时间准确无误地走着。长成大人一样的女孩在看电视。不会弹琴的男生给头发抹上定型啫喱,拉开通向楼梯的门,就向东方很远的学习美术的画室而去了,就在左脚跨出的一瞬,他又回转而来,几步推开妹妹的房间走到钢琴前面,端坐,弹奏。他弹奏了大概有 7 分钟,然后起身,向着正看古装电视剧的妹妹说,我走了,说完拉开门就不见了。

多么不可思议却又在真实发生的事情就这么发生着。你不可估算。

日历上说,8 月 7 日 23 时 57 分立秋。在昨天夜里,天一反常态,由连续的闷热刮起了凉风。准确无误。今天是立秋,也是中伏的第 1 5 天。

一切都按照聪明的人类制作的日历,制作的钟表按部就班地运行着。

工人、农民、公务员、政治家、军事家、科学家、学生、病人、律师、监狱、教堂都深深地陷在时间之井里。无论愚钝的还是绝顶聪明的,全都没有机会逃脱。

我们飞逝而过

大约是在一个月前看到的一篇文章,内容忘记了,却记住了里面的一句话:不是时光飞逝而过,而是我们飞逝而过,把时间留下了。

是的。我确实看见我在快快地飞,快快地逃离或者抛弃,我总是频频地扔下什么,再频频回首。忧郁,快乐,兴奋,痛苦。为逃离飞开,为幸福飞翔。

在飞里,我把春天的第一抹绿色抛弃了。

在飞里,我把第一朵和最后一朵合欢树的花儿抛弃了。

在飞里,我把那些挚爱着的深深浅浅的粉红,那些感动至深的色彩抛弃了。

在飞里,盛大的磅礴,巨大的热情铺天盖地地穿我而过,而我却跌着进入了秋天。

在飞里,我控制不了我抛弃的恶习!

在飞里,无论怎么抛弃,却总有丝丝缕缕的思念,总能感受得到的一些温暖。温暖,凉风,交战。惨败的是我的形体。

在时光里完全不能控制罂粟花的美。我们不断地飞逝而过,遗留下众多的美好。

语言本来的可怕之处

我在一件很大的事情发生之后，病了。病得很重。

在吃了五大棒败火药，吃了一大把逍遥丸和 B$_6$，再加上三大盆中药汤之后，我依然喜欢对着镜子哭，哭得稀里哗啦的，着看自己痛苦难受流泪的丑陋模样，开始痛恨着自己。

其实那件大的事情无非就是倾听。就是那一天，那一整天除了吃饭上厕所外，我都必须倾听那个人的述说。而碍于什么什么的，我不能制止这倾诉。

午饭前我微笑着倾听，午饭后我带着困意也能微笑着听，傍晚就要来了，我进进出出了 N 次卫生间也不能使那个人忘记对我倾诉。最最让我无法忍受的是伊又重新告诉我，已经告诉过我 N 次的，每次见到我都要反复告诉我的那同一件事情，而我还必须要装出从没听过的新鲜事儿似的投入地听。最最让我憋屈的是我根本就没有任何机会插上任何嘴，以阐明我意见。我所有能做的事情只是，听、听、听。啊，这是多么残忍的事情！一整天啊，亲爱的！我头开始晕了，我嗓子痛，耳朵痛，啊，我的心就要爆裂了！

啊！！！！我实在是难以忍受了！！！这世界上怎么还能有如此折磨人的语言发生！我饱受折磨！！！啊，我实在太难受了，我饱受痛苦啊！！！！

现在我之所以能坐在这里写出这些来是因为我已经从折磨人的语言里走出来了，我是这么想的。可我病得的确是不轻。

我向你保证，那个人很正常，没有任何精神上的问题。所以有问题的也许是我。

我很想把这事比较诗意地写出来，尽量地把痛苦描画得比较美丽，以便向你隐瞒语言的本来可怕之处。只是不行，我实在无法修饰它们。对不起。我很痛苦，真的很痛苦。就现在，我的心怀里又涌来了爆炸的趋势，我必须停止述说了。

对不起。语言确实已经让我病了，而且病得不轻。

事实并非如此

　　五天前,我以为生活会一直暗淡下去。所有的一切都不再合乎我。那是一种灵魂与躯体脱离的感觉,那个感觉说实在的,是真的不好。可那竟然曾是我心为之向往的,我曾以为,当我的灵魂与肉体可以完全脱离的时刻,我就会真正开心,可当这种事情真的发生的时候,我却突然害怕了,我的开心立马变得遥不可及,真正的痛苦迅速地攫获了我的一切。明亮的春天与我无关了,湛蓝的天空也与我无关了,它就一直漂浮,似乎是漂浮在水面上,水和空气不能分开,混混沌沌的,我想到死亡,但是又很模糊。

　　昨天,我醒过来了,我开始敬佩那些从容的、能在生的时候把死后的事情安排得很妥当的人。那是一些有条理的人,他清楚地知道,有生必然有死,这是再自然不过的事情。

　　今天早上,我在那个街角又看见五天前见过的、那些白色的玉兰花和开着白玉兰花的树木,她们是那么一大片和那么一小片,是几十棵和十几棵。那天,她们在光秃秃的枝桠上开着蜡样的饱满,是那种大片的孤傲,那种彼此很近又疏离的神态,那神态让我在经过她们时,疏忽间有了丝丝的感动。我奇怪这树的叶子因何不在花朵盛开的时候生长出来呢?

今天,我又漫步在她们之内,一阵微风吹来,有花瓣落在我的头上又飘落在地上,乳白的质地上有或多或少的褐色,就像老人斑长在愉快的脸面上。地面上已经有很多这样的花瓣了,有的花瓣上有着分明的脚印。我细细地端详着眼前这棵玉兰树,它的叶子嫩绿,满不在乎地长了出来,它根本不在意花朵的凋零。花走了,也就是叶子该来的时候了,它们之间似乎除了秉承,没有任何关系,这似乎是自从有了这树就是如此安排的了。

无论植物还是什么都必须顺应自然的安排,任何逆向的行为都将受到惩罚。

没什么是不能承受的

生命中,你能承受什么? 你不能承受什么? 实在是,没什么不能承受的。

一些原本不能说出的以及说不出口的话语的确会让自己压抑,痛苦,让人感觉生命是那么悲哀,那么难以承受,重力一天重似一天,压迫得自己难以呼吸。如若说出口了呢? 这压力是不是就会消失? 可我知道这是不能说的,一旦说了就会涨大,无限地涨大。这是怎么呢? 不能说的,说了自然就违背了规律,说了,即使虚无也会演变出众多的纷繁话语和真实的存在,其重量之大会如泰山压顶,是你能承受得了的么? 若说了,即使你不能承受,你也要承受,直至灭亡。

活着,那些不说,不是不坦率,反是够坦率;让人看着你愉悦,没有压力,只有快乐;让周围的人可以坦然与你相处,没有顾虑,只有敞开心扉的愉快。坦率的,未必内心完全透彻;完全透彻的,不一定是坦率,也可能是无知。无知到没有任何可以被阅读的,他当然是没有压力的,因为他本身是轻飘飘的,是没有重量的。

除了那些认为不能承受的曾经的事实外，曾经的就是已经过去了的，而过去的，除了已经演变成了隐蔽的语言之外，还剩下了什么吗？还有什么需要计较的吗？还有什么是不能承受的呢？

世界的美好在语言里千疮百孔

语言可以做什么呢？语言可以让一个人痛苦，也可以让一个人兴奋，语言可以激励他人，可以给人幸福感，也可以让人彼此不再信任，还可以害死众多的人群。

语言，你这万能的语言啊，你纵然有一万种能力，可是你改变不了群山的苍翠，你改变不了奔腾的江河，你也改变不了群星闪耀，太阳的沉落和升起，你甚至连野地里小草的命运也改变不了。

语言，要你有何用呢？在没有你的时候，心灵的感悟是至高的。用心交流的时候体察不到罪恶，天地互相感应的时候，大地是肥沃的。

群山苍翠峰峦叠嶂，群羊像云彩一样自由，在那时候人们的笑容是显而易见的，那时候的四季是分明的，那时候的地球运转是正常的，天地人是合一的。

是谁带来了语言？在史前文明戛然终止的时刻，神用语言创造了天地，创造了我们并委以重任，让我们替他掌管和谐的家园。

神的儿女聪明伶俐，神看着就喜欢，就格外地恩典他的儿女，他把自己最美丽的珍宝——语言，赐给他们，然而人毕竟是从泥土里生的，有着永远也洗不净的心。

结果，美丽的语言在欲望里变形，在妄自尊大里扭曲滋生，美好的世界最终被语言弄得千疮百孔！

在此处呼吸

天空有点白,我的思想也有点白。

见到的每个人都向我说:外面真热。是么?我觉得刚刚好。是的,我的室内,刚好适合我。

我把 QQ 打开,想找个人聊聊。可与谁聊呢?聊什么呢?一切都无从说起。

永远的川流不息。永远的静止。该走的就走了,该来的就来了。每个人都是独立的,与世界的存在有关,与我无关。嘈杂、寂静、烈日,它们是我必要依存的,不可脱离,也不得脱离。

"月光衣我以华裳",深刻体验她的呵护与温柔,可也只能在文字里如此深入。不能脱离又不能进入,这是多么悲哀啊。

我自由呼吸,因为,在此处,只有我。

失败已经是过去的事了

那么大的雨啊,在我坐下的时候,突然地就停了。美妙的少女不断地打身边走过,青春的脸上有着不相符的沧桑。

雨水洗涮后的世界可以散步了,不用打伞,不用穿雨衣,不需要疾跑,也没有烈日,在这样清爽的天空下,让我们轻装散步吧。

这充斥的负离子,这雨后花园的味道是多么清新啊。让我们痛快地呼吸吧,痛快地呼出那些忧虑。

"失败已经是过去的事情了"、"我们得救了"、"我们再也不要在旧我的生命上谈论或者思想。"

雨过天晴,"我们开始拥有美好的人生"。

寻兰而不遇

夏至的清晨,有小雨。我想起我的好朋友——野生的兰,我就去看她。有小雨真好。

我走过街道,走过高架桥,走过河流(河流有些异样),我徒步走到她的家,却不见她。

我问消失了绿苔的林阴坡,兰呢?林阴坡沉默;我问骨瘦的树,兰呢?树黯然;我问山谷,兰呢?山谷不语;我问寂静的空气,兰呢?空气静默;我问溪流,兰呢?污垢的溪流还我以薰臭;我问大地,兰呢?大地无言,却在我面前迅速地生出无数个巨大的南瓜和西红柿;我问稀落的农庄,兰呢?农庄的神色哀伤。

寻兰而不遇,我只身回转城市,捧了精心修饰的玫瑰、百合和岩兰草再度前来,可它们依然拒绝与我交谈。

我音乐的身躯寂静

"今天，我要把大海当做练习曲。"这话一说出口，他的目光就立刻闪亮起来。

我说："从现在起，我不再多说话了，我请求你阅读我的内在。"他用手语比划着告诉我，他爱我，他愿意帮我的忙。然后重重地抱了我一下，就走开了。

在我涉水而过的时候，也与渔夫擦肩而过，我回眸凝视他优美的劳作，而他目中无我，只管把他的渔网高高地抛起，撒落。

我思忖他是否晓得有我这个生命的存在，我好奇地把这当做游戏，反反复复地在他身边来来回回地穿梭，来来回回地看着他，可他依然目中无我，依然从容不迫地把他的渔网高高地抛起，撒落。

我耐不住奇怪把这一一讲给我认得的人，可他们的神情如同我说了一件不该说的事儿那样奇怪，奇怪的一笑置之。

我对他们的反应感到很满意，这应该是符合这事情的做法。"满意就好，满意就好",我反复地咀嚼着这句话,"它们看起来是多么相似啊"。

"从现在起,我真的没有必要多说话了"。

我把大海当做练习曲,我反复地用他的哑语高声吟唱。我不停地行走,以海神的姿态穿过海水,掠过草原,穿越城市。我不停地弹奏,练习着内在的语言。

风雨把我吹淋成湿,我的羽毛在空中飞舞,与草原构成和弦之美。

我眼见大海迅疾地演变为荒原,森林安静地成为月光之水。月亮照耀着庄严华丽的坟墓。坟墓演变成真实的城市。行星们开始喧嚣,他们以"正在进行时"掠取着财富,我突然不想再观看了。

"我愿意帮忙",我记起你的这句语。于是,我开始用内在的语言大声地呼唤你。顿时狂风大作,我的羽毛燃起,大海开始熊熊燃烧。我的呜咽寂静,我的歌声寂静,我音乐的身躯寂静。

在紧迫的时刻,你不失时机地出现了,你拥抱了我说,该说话还是说吧,别憋坏了,小傻瓜。

我的练习这么快就结束了呀。

一个患抑郁症的女子

外面的世界与她有什么相干呢?

外面的春花已经烂漫了,可她还是瑟缩地躲在室内。涣散的眼神漫过窗际,看见有人在院子里除草,那是一个官员模样的人,背头,白的衬衣,西装裤子。拿锄具的姿势很优雅,似乎很热爱生活的样子。

她叹了一口气,回转身体。眼泪开始流出来。她不知道这时日是不是属于她的,她是不是属于这时日的。

她不知道她怎么就来到了这里。她命中注定的那些伤害,她不想认可可又说不出不认可的理由。她还算是有良心,她还能顾虑到她的家人。可她的家人为她的出生做出了怎样的预算呢?她是她父母没有预算的结果,不是爱情,只是男人和女人到了年龄就应该结婚,就应该生孩子带来的结局。她的苦难也是人类的苦难,在发育期,在懵懂的混沌的男人女人尚且不分的空隙里,伤害似乎是不可避免的,而那些伤害会影响一生。如果她只是一个没有思想的,或者她能是一个接受活着就接受一切人类必然遭遇的孩子,那么她今天就是一个普通的不能再普通的家庭主妇,或者计较着一些无限琐碎的小事情,或者是婆婆妈妈唧唧喳喳闲谈的街里妇人,或者是像爱小鸡的老母鸡一样是非不分的妈妈,或者是像杜鹃鸟一样不懂得爱的轻佻的女人。可这些她偏偏都不是。

她又叹了口气。就这么活着吧,直至家人死亡,然后,自己死亡,问题消失。

于热闹处寻找安静

你在那里想什么呢？经常的，你望着我笑；你笑，望着别人；你笑，当你独自一个人。你安安静静地坐在那里，微笑。

你就那么来了，你不得不来，你不得不笑，你不得不思想"活着的意义"。

你能怎么样呢？那最黑暗处的，你能让阳光普照吗？

当然，你可以事先预设痛苦，或者预设快乐，让不知情的我暂时在你的掌控之中，但是，你也只能是暂时事先控制而已。你总不能永远预设永远劳神，使身心俱疲呀。

如果，此处只有你一个人，那么看起来似乎就形成了安静。鸦雀无声。可安静的内部如同地下的岩浆热闹非凡。什么时候能真正安静下来呢？答案是：死亡。

瞬间的生，然后是永恒的死。"死才是生的最终意义"。

哦！让我远离这答案吧！让我于热闹之中，寻找静水。让我的肉身真切地感受寻找的快乐吧。我宁愿痛苦地寻找，也不愿意过早地知晓答案。

黑夜之阻挡

你可以这么理解，这里有三个我，曾经的、此在的和未来的，她们同在，但是不能独自出行。时间在空间里，空间在时间里，时间和空间在世界里，他们彼此相依，互相亲吻。

我说，我爱你。你要相信，我这句话说的无论有多苍白，也请你一定要相信。

我说，我爱你，"此在的我"立刻就捂上我的嘴巴，死死地把守住空间，控制未来的我。这很奇妙吗？未来可能无限美好也可能无限恐惧。未来实际上与现在同在。

璀璨的光芒、萧索……极至的简单，他们简单地复杂交错，这一切都让你猜疑，我是不是真正地爱你。

幽暗的夜色里，灯光，镜子，空气，优美的唇或者眉毛，一切都是如此清晰，清晰得令人恐怖。

在你的身后，那是什么？你迅速蒙住我的眼睛，我什么也看不见了，而你却无处不在，布满前一个我，后一个我。你就这么阻挡我回卧房的步履呵。

如果能禁得住引诱

(一)

后半夜,秋虫的声音渐渐浓厚,越来越紧。

秋风起兮。秋风里,掠影幢幢。

"这里的人都知道你"那个人对我说。于是,我只好站出来。他们全都看向我。他们都在微笑。尴尬瞬息就溜走了。

其实,一直胆怯的什么一点儿都不可怕。

黎明十分,秋虫休息了。

(二)

如果能禁得住引诱,你只需专注于百合和玫瑰。

如果能避开世俗专心做一个农夫将是最真实的事情。

雨水来得刚刚好,小河的深浅也适中。小鱼亲吻着脚踝,他在观看卡其色的细小蜻蜓踩着精致的白色小叶子落于他的掌心,这足以安慰他的内心。

如果能舍弃纷繁,他们总是充满诱惑,你必须时刻谨慎,专著于一件事。此时,箭已在弦上了。

注视! 审慎。听,有庞杂的风声,他们会影响到你。

种好你的玫瑰,如同里尔克。灌溉你的百合,不属于你的你就给他一条生路吧。

(三)

杨柳新芽绿,花蕾满枝头,新生的孩子睡姿甜美,我是不是也该忘却世事,长睡?

心思乍起,我立即听见骨骼生长的声音。黑暗中,依莎贝拉的翅膀,神话的蓝绿色,褶褶生辉。

第五辑：打开一扇窗

> 总有日出和日暮，总有诗歌与旧事。我们终会被装
> 满离岸，总会有新生命在等待春天……

打开一扇窗之一

馨香：打开一扇窗，让光进来，让心光明，因为我们与光本是同类。

如雾：爱好光明的我们逐光而居，为能看见光明和美丽而感动。然而光线往往沉入眼睛之海，阻碍光照进层层包裹的心灵。

馨香：我们内心渴望光的临在，可偏偏总有黑暗发生。

如雾：在阳光的隐秘处，在黑暗的影子里，各种的灾难在发生。人心在变化，世界在倾斜，在灾难里，悲悯没有任何价值。阳光之下无新事，这是早已言明的事实。

馨香：能让灾难不发生吗？能让人们重新开始无忧的生活吗？能让人们快乐地在这个美妙的星球之上任意妄为吗？

如雾：伟大的神赐予了我们无限的美好，蓝天大地、青草河流、高山低谷、鲜花果

实以及和平的鸽子,他已经把这一切都充充足足地赐给了我们。他早已经满足了我们生存之所需。看哪,郁金香开的是多么美丽,百合花开的是多么幸福,然而贪婪的人哪,你若是得罪了雨水,她们就连哭都无泪了。

馨香:当灵魂和物体结合到一起时,会出现什么?

如雾:出现人类!这是一件最为奇妙的事情!当灵魂游离物体之外的日子,物体将一无所知。而人类作为精神和物体的完美结合也并不能赋予桌椅以思想,电灯以感知,更不能赋予花草植物以人类的语言。据说狗通人性,但无论怎么训练,始终也训练不出狗的创造力。唯有人类,这有着灵魂的物体为最奇妙。

馨香:那个人一生都生活在梦里。除了不死,所有的梦都已经被他拍成了一部自导自演的片子,一切都按照他事先设计好的情节去发展,结局正是他想要的。唯有不死这个角色,他不能胜任。

如雾:如果语言可以代表心思,如果言行能够一致,如果他真的完全善良,那他一生的时间足以让荣美之光溢出身体这个容器,他的灵魂将永远不死。

馨香:"我的心告诉我,人性本善,但是现实告诉我的正好相反。"这句话我记了好久,直到现在。人心是向善的,可是罪恶为什么总是这么近? 每个人都在谴责不义,可是不公义为什么依然大行其道? 每个人都在努力为善,谴责过犯,是的,是每一个人,每一个独立的人,每一个人都不曾落下。可是这个世界却从来不曾停止过罪恶?

如雾:不要抱怨。这本是美好的。别管别人,从自己做起,去爱,试试看,世界会变成什么。就从身边开始去爱,无论你是否曾经憎恶;无论他是否曾经伤害你。去爱,与男女无关,与他人无关。

馨香:如果所有的存在都可以互相对话的话,那么我们就可以不再孤单;如果当我向你诉说,你能做出认真倾听的样子,那么我就可以很安心;如果,你我都能彼此担当,那么不管风从哪边来,我们都能相依相偎,度过冬天。

如雾：如果有个同伴，就不会空虚；如果有个同党，就可以壮壮胆气。不怕没有效，就怕做不到。

馨香：古人已经离我们远去了，今天我们在探访他们的家园，不知他们是否会知道我们的探访？他们曾经住在这里，然而此刻除了诗歌以外，看不到任何他们存在过的痕迹。我们离开若干年后，是否也将不见我们来过的气息？

如雾：此时，我只想说，我希望你，万古长青。

馨香：它们存在，我们也存在，我们的存在是生命的影子。当生命处于正午时，作为影子的我们就不见了，而生命却依然光芒四射，万古长青。

如雾：在历史的长河里，有多少真理被抛弃，有多少谬误被奉为真理！在与世界同宽的时间里，在顺流而去的远古里，叫做基督号的巨船迎风破浪，渐渐清晰。乘坐小舟的，诵读书本的，偷袭鲨鱼的，渴望和平的，在巨浪之中颠簸的，呼求你的造物主吧。

馨香：也许你是对的。然而，这多么不可能！

如雾：一个人很难被另一个人说服，因为被说服者往往会带着辩驳的心去敷衍地听。即使被语言说服，内心还是不服的。然而，一旦他自己亲临那事，他立即就被自己说服了。然后他又去说服他人，他人同样也不被说服。最终，人总是因为自己亲临，然后自己被自己说服。

馨香：有些人生下来就是为了传播幸福的，有些人生下来就是为了接受幸福的。每个人的内心都可以很快乐。

如雾：困苦的人如何摆脱困境呢？这需要被告知如何快乐，这需要一个正确是引导准则，这个准则是"爱"。如果你能倾听，如果你能呼求，如果你能不再抱怨，如果你能去爱，你会快乐。

馨香：无论我们从哪里来，到哪里去，我们紧要做的就是尽可能地让我们适合生存。"我们"是彼此互相依存的所有一切的称谓,也可以称作生物链。有机肥、花朵、大树、野兔、山猫、鸡鸭鹅狗等等,肥沃的土地生长出苗壮的麦苗、瓜果。男人,女人,老人和孩子,让我们快乐地生活,这是我们紧要做的。

如雾:奇妙的上帝创造了奇妙的男人和奇妙的女人,让这个星球充满了奇妙的气息。这个美妙的星球之所以生生不息,花繁叶茂,是因为有黑天有白天,有太阳有月亮,有男人有女人,有雌蕊有雄蕊,有公牛有母牛,他们彼此爱慕,成就了这个星球的勃勃生机。

馨香:我们活着是为了等死。

如雾:毫无疑问,人生的终点是死。但这不是我们自己计划的,我们只能服从。幸好在到达目的地之前的路上我们有权选择向左走还是向右走,这样比较还有趣一点。听说,在听命到达之后,会有惩罚或奖赏。听说,会有人在路上考察我们的言行。

馨香:我们的旅程就如同写作一样,有的作品让人进去再也不能出来,那是个陷阱;有的文字就如同山泉水汩汩自然地流出,遇见干渴的人就为他解渴。

如雾:可悲的是有人自以为是。明明什么都不是,却偏偏以为自己什么都是,写文著书教训人,到处标榜自己,自吹自擂,哗众取宠,误导人以他为玫瑰,哪知是陷阱,可怜他一腔热血。

馨香:小胖同学说,接触的人越多,就越喜欢小狗。言下之意,人不如狗呗,骂呗,反正我不生气,估计你也不会生气。因为你的想法和小胖同学如出一辙。

如雾:人人都喜欢美好善良,人人都在责怪世人的不地道。简单举例,人人都痛恨国人不遵守交通规则,然而看见路上没车,自己就走过去了,管什么红灯绿灯的。我们宽以待己,严以律人。这什么世道呢。

馨香:当法律存在那里,而不是存在人心的时候,人人都会犯罪。

如雾:没有犯罪还要什么法律呢,可若法律没有写在心版上,人又怎么知道是在犯罪？是了，有良心在约束。那个人说：我对得起良心，我是和善的、美的、好的。善良的心岂是辩白获得的呢？犯了法，自会有法律惩罚。

馨香：对门的一个鲜活的、活蹦乱跳的一个大小伙子，死了。死在对面的路上，是一辆疾驰的轿车碾碎了他青春的头颅。他就要结婚了。

如雾：他前天还好心地从楼下拎上沙子铺在不知是谁不小心洒水成冰的楼道上。看到我经过，他腼腆地一笑说，这样就不用担心滑倒了。他住六楼，冰在二楼。上下我们都必须经过那块冰，这是个善良的小伙子啊。可就在昨天晚上，他就像烈日下被甩出的鱼一样大张着嘴，卧倒在了门前的大马路上。

馨香：能活着的时间本来就不长，可竟然还有人偏要更早地离开呢？有一位熟人自杀了，我于沉痛中感受到了她的解脱。她知道，死了，一切就都结束了，她永远不必再"心苦"。她是真的太累了。自杀如此简单。自杀比活着简单。自杀一点也不复杂。自杀了，有人哭了，战斗就胜利地结束了。

如雾：她以生命为代价呼求爱的临在。

馨香：时间过的真快。

如雾：人间流逝得最快的总是时间。它总在你不注意的时候悄悄溜走，让你以为衰老尚远，思念太近。殊不知头发正在变白，面容正在疲惫。它在继续离开着，在你说话的时候，在你叹息的时候，在你走路的时候，在你睡觉的时候。在你感叹的时候，一切都在灰飞烟灭。

馨香：有永恒地存在么？生命？爱情？或是其他的什么？对存在于时间上的一个点的我们来说，生命实在太过短暂，"我为转瞬即逝的微生物啊"，让我自怨自艾的是我的思想，思想让我们探究死和生的秘密。

如雾：生的秘密太短，而死的秘密太长。

打开一扇窗之二

馨香:这日子在发展,风驰电掣般的。理想在膨胀,信息在沸腾,迷惘在滋生。在发展的好日子里,看见的明明是康庄大道,不料进去却是个八卦陷阱,处处是生机,处处是杀机。东闯西进,不会停歇的人,永远也找不到自己的位置。丰富总是给坚持的人准备的,比如阿甘。

如雾:任何时候,坚持善良,坚持做一件事,总会有光明。

馨香:展示自己,让人们认识。人人渴望得到他人的关注,以此来确定自己的存在。

如雾:"大隐隐于市,小隐隐于山",隐居的人们蠢蠢欲动,四处讲学,宣扬自己隐居得来的"关于人类与宇宙的吉凶关系","通晓天地"后被"天"告知在哪里放几个铜钱可以化什么煞。犹如追随行吟诗人般的,流动的人海追随着他,他低调地唱着说:给几个小钱,化煞。

　　馨香:善良和邪恶总是彼此依存,若全然美丽,你如何知道她的美? 美的,总是有更多的丑衬托;富有的,总是被更多的贫穷托起;和平,总是在长久的纷争里被渴盼;善良的,总是被太多的邪恶逼迫;阳光总是在连雨天后才显得可贵;一场大雪在瘟疫猖獗的日子里来得让人心格外温暖。

　　如雾:人间的美好,少不了罪恶。

　　馨香:我思想,我存在。我存在,我思想? 我不思想,我依然存在。

　　如雾:思想确乎存在于具有灵魂的生命体里,凡是具有思想的都是有生命力的,凡是有生命力的都是具有前进趋势的。一个没有灵魂的生命体犹如猪狗一样是存活不久的,犹如某些某些猴子。

　　如雾:娱乐节目总是人满为患。人们迫切地快乐着,笑着,大笑着,嬉笑着,唱着,叫喊着,营造出全场一家人的感觉,并为此热烈地感动着。每个人都不愿意离开,最终都不得不恋恋不舍地离开。然后投入下一个热闹,喝酒,跳舞,做爱,说醉话,朦胧地睡去,在清晨或者傍晚醒来,发呆。

　　如雾:你的心灵里住了谁? 你怎么总是任凭它的离开?

　　如雾:神造出野兽,各从其类;牲畜,各从其类;地上一切昆虫,各从其类。神看着是好的。是的,各从其类,是好的。

　　如雾:可是昨天猫变成了狗,今天的猪正在变绵羊,明天,大概鱼就要变成飞鸟了。世间没了可遵循的秩序,很多的善良变成了凶恶,法律变成了儿戏,谁也不知道自己的后代会变成哪个谁,人类集体抓狂,惨!

　　馨香:"装饰设计,粉饰太平"这话很有意思。

如雾:版画太板,油画太油,水粉画太水,不对,是太粉,也不对,是太水粉。天啦,说不明白了。起码装饰画应该不错,装饰嘛,谁不需要呢? 太平还需要粉饰呢! 适当地装饰一下,自卑就可以佯装成高傲,自恋就可以佯装成自信,贪婪就可以佯装成慈悲,恶毒就可以佯装成温顺,再画上几笔就可以装饰成被效仿的对象啦!

馨香:猪活着的意义是完全地付出。

如雾:猪肉供人食用,猪油供人做肥皂,猪皮供人做需要的鞋子……用处多着呢,就是不知道猪对它自己的价值满意不? 自豪不? 鱼,鸡,牛,羊等等……还有花儿呢,它们对自己活着的意义满意不? 自豪不? 我是说,如果它们都具有人类思维的话。

馨香:人类的伟大在于认识到自己的伟大,在于人类勇于自夸。人类可以上天入地,你鸟却不行,你土拨鼠也不行,你们最大的遗憾是不具备人的思想。不,你具备了也不行,你们没有我们灵巧的双手,你们不能炼钢,你也不能造原子弹中子弹什么的,所以注定,你是我们的观众。

如雾:我看你表演,谢幕后我们一起回家。

打开一扇窗之三

馨香：不是说，可以一切从头儿开始吗？

如雾：我说，亲爱的，你还有几个小时的时间可以留恋这年，为即将过去的它做点什么，让我们做点事情，让我们正在做的什么可以与时间共同进入它的永恒，让我们以此承接新年的来临，让我们继续精神与肉体共存时刻的真切感受，然后，从头儿开始。

馨香：今天是今年的第一天，整个年头的第一天，世间所有日子里的唯一一天。哦，今天是多么特殊啊，一枝百合在"唯一的此刻"坐在这里在写这些字，写可以属于任何时间任何日子任何地点的这些字。百合在这里感慨，感慨在手边，在身体上，在眼睛里逝去的日子，感叹他们永不再来。

如雾：我的头脑在徒劳地希望青春常在，而刚刚这个时刻立刻就不再见！

馨香:一件事情的结束怎么就是另一件事情的开始呢？一个生命结束了是否会有另一个生命出现？怎样才算结束？完美的抑或悲伤的结局?结局一定要完全的不牵挂，要真正的结束。有真正的结束么？

如雾:当生命消失的时刻，未必会有新生命诞生。此间，并没有真正的消亡和结束。

馨香:作为物体的人，比起花朵儿和可爱的狗族们，存在的时间确实够久了。然而，作为灵魂的人，如若在肉体消逝的时刻即刻消失，那么我们的灵魂显然是被拘禁了。

如雾:痛苦、烦恼、开心、快乐所有所有的感觉，一切一切的追求都不复存在，这是多么可怕的结局！

馨香:无论是时间还是人生，我们都习惯于分段进行。

如雾:然而，新的会打破这个观念，让你暂时无法适应。可没关系的，毕竟人是世界上最具弹性的物质，错了，是有最具弹性的思想。又错了，除了人之外，你是否知道其他物种也具有伸缩自如的思想？或者阔达或者狭隘或者保身？他们都在利用我们伟大的人类思想呢，这个过程很重要，这个过程结出的果子很重要。

馨香:她的美隐藏在千年前的书卷里，一直在等候你的到来。她的美不单单是一个人的美，她是世界的，就是正在流逝的这个世界。几千年的光阴没有磨灭，却是愈加光辉灿烂地美着。她在吟唱，她在舞蹈，她在赞美，她在渴望，她的玫瑰在百合花丛中期待……她叫苏拉密。

如雾:人们精神的爱情藏在她里面，她的美藏在千年前的古卷里。

馨香:人心里所存的，是多么侥幸的事情呵，向往自己成为幸福的人。而幸福的定义呢？赚很多很多的钱，买美丽舒适的大房子，开美丽悦人眼目的好车子，娶温柔美丽的老婆，一切的标准是以能引起自豪感事情。如雾:人心所存的，是欲念。

馨香：那装在挎包里的，是你的虚空还是你的秘密？

如雾：当你无论怎么用心都找不到的那个，它必然是开始的那个；不可复制的美轮美奂，是非人类的。正如造物主创造了不同的你和我。

馨香：你自以为是美丽的，被他人热烈追捧。于是，你更加地以为这是崇高的艺术，认为你本人是崇高的，你已经脱离了低级趣味，你再也不屑于昨天。

如雾：他总是那么自以为是地研究生命，研究美。他确认他把美带回了家。他残忍的，他以为他是热爱生命的，却不晓得他正在折断生命。

馨香：当我们付出，就有鲜花回赠吗？除了想像之外，显然不全是。我们也终会老去，我们终会在充满着智慧的阳光下老去。当我们所在的瓮被打破，我们被摔在世界之外的时候，你将看见一朵美丽的新世界降在陈旧之上。

如雾：只要去做，总会有惊喜。

馨香：从细微处去发现。在重重围困的荆棘里，去发现光。在艰难里，有一颗透明的心，这很不容易。你可以尽情地为自己欢呼，你可以不苟且，你可以扒开藜藜，你可以走出去，再走进另一丛荆棘里。只要认真，你就可以搜索到蓬勃的花朵，花色纯美，娇艳欲滴。她虽然细小，但她总归是希望。

如雾：从细微处去发现，磕磕碰碰，呵，你的身体，你显然已经满脸是疱了。但是，你的眼睛不要闭上，也不要浑浊。你看，在你光明的注视下，你会发现，这个世界是如此美丽。

馨香：新的世界万象更新。

如雾：让我们从此好好地生活吧，小心别再打碎这一个又一个的美丽。

馨香：变换着心情，如同体验着各种生命。而实际上的我们只能从"我们的生命"去揣摩这个"我们的世界"。

如雾:我们终会年老,我们终会在充满着智慧之光的时间中老去。不幸的是青春也与我们一同走了。

馨香:世界在我们的眼里是如此奇妙。然而,在世界之外的,如何看待他呢?在这个世界,这些生命算什么?瞬间而过的热闹如同烧开的水被继续狂烧,直至烧干了锅。

如雾:我们经历,我们重复地经历。我们以为知道老祖宗的事情,我们自以为超越了他们,哪知我们每走一步,老祖宗早已经站在那里等你。

馨香:我们走,有创意地走,然而凡是路过的途径,都布满了前人密密麻麻的脚印。

如雾:这些生命,这些从远古里走来的。这些细碎,这些坚韧,有多少故事被你藏起?你呈现给我的,是破碎的回归?还是独立的新生?抑或是兼而有之?在古老的岩层里,你破壳而出,激发我们的想象。

馨香:一个小贝壳其实就是一个世界,你不进入它,你如何知道它的繁华?它的世界如同你的世界,你的世界也不过是井底之蛙。

如雾:你如果不能打开一扇门,让阳光照进来,你的心将永远没有色彩。

馨香:在人的完美里,小心小心再小心,依然还是被玷污了。面对宿命,你无计可施。

如雾:当雪花从天庭的府库降落之时,人间敞开了圣洁的嗓门,让我这不完美的,被赏赐站在你面前,献上我深沉的敬仰。

馨香:雨水望向嶙峋的另个世界,轻叹之后,留下了有限的绿色,就让他们自生自灭,自灭自生吧。

如雾:在干渴艰难地收集起每一个自身细胞的血液后,终于酝酿成花。红花闪电般地瞬息划破天空,雷声轰鸣后必将引来生命之水。你赋予了你自己以生命。

馨香：当生命之花被迫终止，当生命无力反抗的时候。它必将以另一种形式出现。只要你能看见，你就会见到那种触目惊心的美。

如雾：感谢赋予生命之神！在世界里，我终以自己的力量将洁白的心灵舒展，阳光赋我以灿烂，岁月衣我以华裳，我将以怎样的快乐向你表示感谢呢？

打开一扇窗之四

馨香：相逢又相离的晨间午后，我们仍将相逢又相离。渴望中的安宁，只消片刻，我们也不能彼此得到。窗外车水马龙的喧嚣，仍归于车水马龙。

如雾：我的神啊，我多么想，让掌握一下，这个世界！就让我做一次主吧，只需要一次，让我把陈旧的命运焕然一新！此刻，我的心扉大开，旁观者却在一旁思索这一切。

馨香：穿越了时间，我不再认识你。

如雾：我的妩媚，并非你全然所见。

馨香：在繁花鼎盛之处，我眼见荒凉。

如雾：在这魅惑的世代，正如你的诸般想象。亲爱的，我祝福你。

做个幸福的人

馨香：当心灵干渴时，我们需要不同的表达方式，比如各种颜色的花纹，花朵以及长筒袜。

如雾：精致之巅在颓废之地。

馨香：桃之夭夭，简约契合。

如雾：夏娃之纯洁，注定逃不脱蛇之诱惑。

馨香：虚无的清晨和夜晚，正如我虚无的人生。

如雾：等待的水兰花，来不及开放，这世代已经过去了。

馨香：消失的国度，灿烂如同大光。

如雾：跟随你！我甘愿舍弃所有。

馨香：这世代的烙印，已归入历史档案，等待着被封存。

如雾：这一切，显然都需要被引导。

馨香：如果有一个机会，如果可以重新开始，那就，从他开始。对，就是那个瞎子，那个盲眼人。看哪，他的脸是多么四月！多么芬芳！他的神情是多么灿烂！多么明亮！他的内心已经被爱情充满了。

如雾：从亘古到今天，我始终不能明白它的全部奥秘：就是——男人，女人。他们彼此不明白，自己也不能明白。

馨香：注定的事情，注定会发生，注定不能改变，注定如此。

如雾：无论我已经多么出色，在内心深处，我始终是，那个柔弱的小女孩。

馨香："为什么给我这么多的回忆？"因为时光的具象意义是——形消神长。

如雾:哦,这一切看起来是多么错综复杂! 然而这一切都有迹可循。

馨香:你听不见我,就听不见他;你看见了我,就是看见了他;你看见你自己,你却不是你。可这一切,有什么值得稀奇的呢?

如雾:丢掉你头脑里所谓的思想吧,"听从内心的呼唤,那才是真正的良善之道。"

馨香:"那极其华美的,我拿什么可以与你交换? 我拿什么可以使你为我停驻?"我仰望着你,请求你的回答。

如雾:黎明就要来了,你们退去吧! 华宴、冠冕、上好的美酒,你们都退去吧! 我的苏拉密女,她住在没药山的百合花丛里。听,她正走在来的路上了。

馨香:只要你来,你想要什么就给你什么,你没想到的诸多好处也都要加给你。只要你能一无挂虑地来到我的面前。

如雾:我知道你渴望什么,而你在付出什么你却不知道。

馨香:这个世界如同美妙的少女,等待淘宝人各显神通。

如雾:哦,我的心儿满是欢乐,哦,我的宝贝,我唯一的朋友! 你的眼帘弯弯如同笙歌,你的嘴唇盈盈如同流蜜的花朵,你脚链的铃声闪耀着清脆的日月星辰,啊,愿这幸福时光永存!

馨香:然而,这世代过去了,一切都被卷了起来,一切都被弯弯曲曲地封在以太的芯里,抛向时空。

如雾:从此,光,永恒了。